6
月夜 涙
JN037972
世界最高の暗殺者、異世界貴族に転生する
The world's best assassin,
To reincarnate in a different world aristocrat

Contents

The world's best assassin,
to reincarnate in a different world aristocrat

世界最高の暗殺者、異世界貴族に転生する６

月夜　涙

角川スニーカー文庫

22574

Illustration：れい亜
Design Work：阿閉高尚

Prologue

プロローグ――暗殺者は協力者を訪ねる

The world's best assassin, to reincarnate in a different world aristocrat

今まで様々な魔族に出会ってきた。

オーク魔族、兜蟲《かぶとむし》魔族、獅子《しし》魔族、地中竜魔族、そして蛇魔族。

この中でもっとも異質なのが蛇魔族だ。

人間に化けて、人間社会に溶け込んでいる。

それも彼女の場合、魔族共通の悲願である魔王復活のためだけでなく、人間の文化・娯楽を楽しみ、慈しむためにそうしていた。

だからこそ、協力関係を結ぶ余地がある。

今までは彼女からもたらされる情報に助けられていた。獅子魔族などは、彼女の助力なしに倒すことはできなかっただろう。

(その協力関係にひびが入った)

前回の地中竜魔族との戦いでは、彼女から情報が渡されなかった。

彼女だって、他の魔族すべての動向を知っているわけではなく、ただ単に地中竜の動きを知らなかった可能性はある。

だが、戦闘が終わると同時にノイシュが現れた時点で、その線は極めて薄くなっていた。あらかじめ知っていなければ、このタイミングで使いを寄越《よこ》せるはずがない。

そのノイシュに、蛇魔族ミーナの根城に案内してもらっている。

こうして、のこのこと蛇の魔物に乗って、彼女の根城まで行くのはどうかとも思うが、会って話さないとわからないこともある。

どんな状況だろうと逃げ切れる自信があるし、保険も用意していた。……無策で飛び込むほど、俺は蛮勇ではない。

ノイシュのことが気がかりだったのもある。

彼は今、案内役として蛇の魔物を操縦している。

「ノイシュ、俺たちに目隠しをしなくていいのか」

これから連れていかれるのは、蛇魔族ミーナの本拠地。

その場所を知られたくはないだろう。

普通なら視界を遮り、道を覚えさせないぐらいの用心はする。

「構わないよ。ルーグはミーナ様の協力者だからね。それに、君なら、そんなことをしたところでなんの意味もないだろうに」

「ばれていたか」

苦笑する。

ノイシュの言うとおりなのだ。たとえ視覚を封じられても、風で周囲を探るぐらいは朝飯前。

「……今日は、ネヴァンはいないのかな？」

「彼女は忙しいからな。いつも一緒に行動しているわけじゃない」

四大公爵家が一つ、ローマルングの令嬢。人としての極限を目指す一族の最高傑作にして、学園においては俺たちの先輩に当たる人物だ。

「そうか、それは……」

そこでノイシュは言葉を切る。

ノイシュは彼女に好意を持っている。だからこそ、次に続く言葉が『残念だ』か『良かった』かは気になるところだ。

しかし、彼はそのまま口をつぐんでしまう。

それにしても……。

「この蛇、速いな」

「しかもぜんぜん揺れません」

「空を飛ぶのに比べると遅いけどね」

タルトとディアは手でそれぞれの髪を押さえているが、美しい金と銀の髪が風になびいていた。

体感速度では、おおよそ時速三百キロほど。

新幹線並みの速度だ。

その速度で、どんどん未開拓な場所を進んでいく。

この国はまだ、全ての森を切り開けているわけではなく、領土を広げるために貴族たちは開拓に精を出しているところだ。

地図にはない大樹林に入っていき、不自然に開けた場所に出た。

ここまでおおよそ二時間ほど。

蛇の魔物は俺たちが降りると、地中深く潜って消えていく。

タクシーに使わせてもらったが、このクラスの魔物がその気になれば小さな街ぐらいなら全滅させることができるだろう。

「ここがミーナ様の魔族としての屋敷です」

大きく立派な屋敷だ。

これほどの屋敷を建てられるのは上級貴族、最低でも伯爵ぐらいの地位でないと駄目だろう。

財力的には、商売がうまくいっている下級貴族でもなんとかなるが、これほどのものを下級貴族が造ると不敬だと顰蹙《ひんしゅく》を買う。

だが、俺が気になったのは大きさでも立派さでもない。

「……ありえない、流行し始めたばかりのネビア建築様式、それもネビア本人による設計だ」

この国の天才建築技師ネビアがチョコルネ伯爵の屋敷を設計した。それがあまりにも素晴らしく、チョコルネ伯爵の屋敷に訪れた貴族たちがこぞって、ネビアに改築を依頼するようになった。

しまいには、チョコルネ伯爵の屋敷のように造ってくれと、ネビア以外の建築技師にも頼む始末。

あっという間にその設計思想はネビア建築様式と名が付き、この国における主流建築様式の一つになっていく。

そんな屋敷をこんな未開な地で魔族が造り上げるなんて信じられない。

そんな俺を見て、ノイシュが微笑する。

「ルーグは博識だね。君の言う通り、ネビア本人が設計したネビア建築様式の屋敷だよ。ミーナ様に心酔した貴族が貢いでくれたんだ。彼の屋敷をばらばらにしてここまで運んで組み立てたのさ」

「簡単に言うが、一流の大工でないとそんな真似《まね》できない。一般人をここに連れてくるわけにはいかないだろう」

「ミーナ様は人気者だからね」

「そういうことか」

蛇魔族ミーナは強力な魅惑《チャーム》の能力を持つ。

それで必要な人間を洗脳して、ここへ連れてきたのだろう。

ただ、気に入った屋敷を造るためだけに。

彼女の人格そのものは嫌いではないが、やはり相手は魔族なんだと再認識する。

「さあ、どうぞ。案内するよ、ルーグ、ディア、タルト。我が主の屋敷へ」

扉が一人でに開く。

そして、俺たちは蛇の巣へと足を踏み入れた。

◇

屋敷のなかでは使用人服を纏《まと》った蛇人間たちが何人も働いていた。

掃除に精を出し、俺たちが近づくと頭を下げて見送る。

屋敷そのものだけではなく、内装も貴族的な洗練されたものだ。美術品なども素晴らしいものが並んでいる。

そして、その手入れも完璧。

美術品と呼ばれる類いのものは手入れをする際、極めて専門的な知識が必要だというのに、魔物がそれを完璧にこなすのは異常としか言いようがない。

そういう使用人以外にも、騎士らしく鎧《よろい》や剣を装備して直立不動の蛇人間も多くいる。

それもまた、違和感を与えてくる。

立ち姿や歩き姿、纏っている気を見れば、ある程度はその騎士の力量を推察できる。

そして、何十人もいる蛇人間の騎士たち、それら全員が一流の騎士に見えていた。

幼少期から何年もの修行を行い、ようやくたどり着ける、それほどの境地に彼らはいる。

だが、そんなことはありえないはずだ。

騎士の技術は人間が作り上げたものだ。それを魔物が知っているはずがない。

よしんば、人間が教えたとしても、魔族の封印が解けてから一年も経《た》っていない。こんな短時間で習得するなんて現実的じゃない。

……待て、それは使用人たちも一緒だ。俺から見ても文句のつけようがない礼儀作法に、超一流の家事技術、専門知識が必要な美術品の手入れ。そんなものが一朝一夕に身につくわけがない。

努力家のタルトであっても、これほどの扱いができるようになるまで数年かかった。

なにより、蛇人間たちの動作はあまりに人間くさすぎないか？

そこまで考えて、一つの仮説ができてしまった。

このことはミーナに問いたださないといけないだろう。

◇

客室に招かれる。この部屋は、より一層内装に凝っており、美術品も一段質がいいものを使っている。

棚には酒が並んでいて、国内外問わないラインナップで超高級品ばかり。それも名前と値段だけが超一流のものはなく、値段に見合った本物の美酒。

悲しいことに、この部屋を見る限り、俺とミーナは趣味が合うようだ。

この部屋の主は部屋の中央にいた。

「ようこそ我が屋敷へ。ルーグ様と可愛《かわい》らしい恋人たち。あなたたちを招くのをずっと楽しみにしておりましたのよ。どうぞ、お座りになって」

褐色の肌に黒髪。妖艶な体をエロティックな服で覆っている。

そして、その紫の瞳は蛇を思わせる。

そんな絶世の美女が目の前にいた。

「ああ、美しい屋敷を見たときは心が躍ったよ。だが、……胸糞《むなくそ》悪いものを見せられた。改めて言っておこうか。俺は人間だ。そして一般的な同族愛を持ち合わせている」

「あらあら、やっぱり気付かれてしまいましたのね。アレの材料」

意味ありげにミーナが笑い、なんのことかわからないタルトとディアが首を傾《かし》げる。

「二人も見ただろう、この屋敷で働く蛇人間たち。あれの材料は人間だ。魔物が超一流の家政婦になったり、超一流の騎士になったわけじゃない。逆なんだ。超一流の家政婦と超一流の騎士が魔族にされた……さっき、ノイシュはとある伯爵からこの屋敷をもらったと言ったが、それは正しくない。捧《ささ》げたのは屋敷だけじゃない、中の人間ごとだ」

「そんな、そんなの、おかしいです」

「そうだったんだね。うん、それなら納得できる。でも、こういうのは嫌いだよ」

二人が青い顔をしている。そして、ミーナを嫌悪した。

人間なら、誰しもそのことに忌避感を覚える。

「そんな目で見ないでくださいな。私は別に無理強いはしておりませんわ。私とずっとずっと一緒にいたいと言うものだから、その願いを叶《かな》えてあげましたの。彼らだって、損はしておりませんのよ？　人間よりずっと強くなり、老いからも解放されたのですから」

「魅惑《チャーム》で心を奪うことは無理強いとは言わないのか」

「魅惑《チャーム》も含めて私の魅力ですから、文句を言われてもどうしようもありませんわ。でも、それが気に入らないというなら、不快にさせたお詫《わ》びに、私の能力を教えてあげますわ。私、生き物を食べて卵を産むことができますの。人を食べれば蛇人間。犬を食べたら蛇犬、猫を食べれば蛇猫。生前の能力と記憶を持ち、より強くなって生まれ変わる。素敵な能力でしょう？」

「強力な能力ではあるな」

おぞましく凄《すさ》まじい。

ミーナはどんどん人々を魅惑して遊び、飽きたら食って自軍にしていく。

本人は魔族としてさほど強くないと自己申告しているが、軍勢を率いるものとして考えるなら、かなりの実力者だ。

「ふふふっ、そんな怖い目でみないでくださいな。そんなふうに見つめられると滾《たぎ》ってきちゃいますわ……食べちゃいたいぐらいに」

蛇の瞳が俺を捉え、タルトとディアが俺を庇《かば》うため前に出る。

「可愛い恋人ちゃんたち、安心してくださいませ。食べると言っても性的にという意味ですわよ」

「そっちも駄目です！」

「ルーグは、あなたみたいなおばさん興味ないよ！」

少し、ミーナの顔が引きつった。

ディアのおばさんというのが気に食わなかったらしい。

「とりあえず、みんな座ろう。これからのことを話しに来たんだ。わざわざ、ミーナがこんなところに呼んだのは、ここじゃないとできない話をするためだろう？」

「ええ、そのとおりですわ。頭のいい子はやっぱり楽でいいですわね。お酒をご馳走《ちそう》しますわ。どれにしましょうか？」

「クルトーニュの赤」

赤い宝石と呼ばれ、生産本数は少ないが極上の酒。

そして、先日のオーク魔族襲撃で、原料に使っていた特殊なぶどう畑が通り道になり踏み荒らされ、もう二度と作られることはない酒。

好みで選んだ酒だが、同時に皮肉も込めた。

「あらあら、私の一番のお気に入り。知ってます？　趣味が合う子とは体の相性もいいって」

「それは知らなかったな」

ミーナが血のような赤ワインを全員分注ぐ。

今の所、ミーナは完全な敵対行動は示していない。

とはいえ、気を抜いていいはずもない。

気がついたら、俺自身がミーナに食われて、蛇人間の仲間入りなんてこともありえる。

保険をかけたからと言って完璧ではない。

慎重に話を進めていくとしようか。

Episode1

第一話　暗殺者は交渉する

The world's best assassin, to reincarnate in a different world aristocrat

蛇魔族ミーナと向かい合っている。

ここまでは、ただ単にジャブを打ち合っただけであり、ここからが交渉だ。

差し出されたワインに変なものが混ざっていないかを確認しておく。

呑《の》まないのが一番無難だが、今は友好関係ということになっている。形だけでも、相手を信用しているポーズが必要なのだ。

……毒はないようだ。

そのことをタルトとディアに目線で伝えて、まず俺が呑む。

やはり、クルトーニュの赤はいい。

人類が作り上げた文化の結晶。こんなものがあるからこそミーナは人間の文化にはまったのかもしれない。

「ふふっ、いろいろと人間のお酒は呑みましたけど、これが一番美味《おい》しく感じますわ」

「そこには同意する」

ワインをしっかりと味わう。

保存状態も完璧で、クルトーニュの鮮烈な味わいを少しも損なっていない。

喉が潤ったところでミーナの顔を見ると、意味ありげに笑って、俺の言葉を待っている。

どうやら、俺に口火を切らせたいらしい。

「単刀直入に聞こう。……協力関係を続ける気はあるのか」

「あら、どういうことですの？」

「地中竜のことだ。あの魔族はずいぶん前から街に仕込みをしていたし、その動きにミーナは気づいていたはずだ。にもかかわらず、俺に連絡をしてこなかったのは、協力をする気がなくなったと受け取ってもおかしくないだろう」

言い逃れをさせるつもりはない。

たとえ、決裂することになっても事実をはっきりさせるためにここへ来た。

「伝えなかったのはわざとですわね。実のところ【生命の実】が一つ必要でしたの。あの子はとっても強いのですが、致命的な欠点がある子。後から簡単に【生命の実】を奪える。だから、あなたに邪魔をされたくありませんでした」

「あいつに【生命の実】を作らせてから奪うつもりだったのか」

「そのとおりですわね」

「……それは理屈が合わなくないか。【生命の実】が必要なら、なぜ俺と手を組んだ。おまえの情報があったからこそ、今まで【生命の実】を作るまえに魔族を倒せてきた」

ミーナはワインのグラスを傾けて間を作ってから、口を開いた。

「正直に言うと、あなたのことを過小評価しておりましたの。初めは魔族の情報を与えたところで、どうせ止められはしない。せいぜい、鬱陶しいあいつらの足を引っ張ってくればいい。でも、あなたは勝ち続けてしまった。……もう、私が【生命の実】を横取りできそうな子はあの子だけになってしまって、こうしたのですわ」

「理には適《かな》っているな」

「でも、それも失敗。まさか私の情報もなしに間に合うなんて想像もしていませんでしたわ。それに真正面からあれを叩《たた》き潰《つぶ》すのも驚きですの。本当にお強い、それ以上に素晴らしい観察眼。あの子が鎧《よろい》に隠れている弱虫だと気づいた人間は初めてですわ」

ここでも気になったことがある。

というより、前からずっと気になっていたことだ。

「初めてか。つまり、あの地中竜はなんども人間と戦ったということだ。おそらく何十年、何百年も前からなんども。それはあいつだけじゃない、すべての魔族がそうだ。おまえたち魔族はなんども蘇《よみがえ》っているのか？」

魔族について残された文献を今まで参考にしてきた。

それ自体がすでにおかしいのだ。

どの時代でも多少の違いはあっても、同じ魔族に関しての記載がある。

多くの魔族は過去の勇者に殺されて消滅させられていると書かれているにもかかわらずだ。

なのに、なぜ何度も同じ魔族が現れる？

過去の魔族たちと今ここにいる魔族たちは同一人物なのか？

それがずっと気になっていた。

「蘇っている。それはちょっと違いますわね。だって、私たちは死にませんし」

「心臓を砕くことで殺せるだろう」

そのための【魔族殺し】。不死身を殺すための魔術だ。

「たしかに、心臓を砕かれるとこの世界にとどまれなくなります。でも、それだけですわ。時が来たらまた降りてきますもの」

俺が転生したようなことが起こっているのか。

人間が転生する際、魂を死後の世界で洗浄・漂白してまっさらにして戻す。俺の場合は、あえて洗浄・漂白をしないことで前世の記憶を保持している。

魔族が似たようなことをやっていてもおかしくない。

「それは興味深いな。なら、なんどもなんども魔族どもはこんなことを繰り返しているのか。その割りに勇者対策が不十分に思えるが。何度も失敗しているにもかかわらず、毎回力ずくで攻めてくるように見える。そろって学習能力がない馬鹿というわけじゃないだろうに」

少なくとも、この国の記録に残っている数百年の間は一度たりとも人類は滅亡していない。

逆に言えば、魔族と魔王は負け続けている。普通なら勇者対策を考えてしかるべきだ。

「せっかくなので、とっておきの情報をあげますわ。私たちは一度たりとも、失敗したことがありませんの。ちゃんと目的を果たして来ましたわ。何千年も前から。だからこそ、この世界は保たれておりますのよ」

それではまるで逆に聞こえる。

世界を滅ぼそうとする魔族と魔王と、世界を守ろうとする勇者。その常識自体を疑わないといけない。

「詳しく聞いても教えてくれないんだろう？」

「もちろんですの。私たちは協力者。馴《な》れ合いをしているわけじゃありません。これは今回、情報を渡さなかったことに対するお詫《わ》びですから。これ以上は別の対価をいただかないと」

ここから先は自分で答えを見つけろということか。

魔族だけ見ていても答えはでない。どこかで勇者と接触しないといけない。

「……少なくとも、まだ俺との取引を続けたいとは思っているということか」

「ええ、そのとおりですわ。私を含めて残り四体しか魔族は残っておりません。でも、残りの三体は特別な魔族。私じゃどうにもならないので、ぜひ始末してほしいんですの」

「その言葉を俺が信用するとでも」

「初めに言ったとおり、私は【生命の実】がほしいから、あえて情報を渡しませんでした。であるなら、こうは考えられないでしょうか？　【生命の実】さえ手に入れれば、元の関係に戻れると。……あなたが隠し持っている、【生命の実】をいただけません？　そうしてくださらないなら、少々強引な手を使ってでも自分で作ります。なにせ、あの三体から奪えない以上、自分で作るしかなくなりますの」

蛇の眼が、まっすぐに腰に吊《つ》るされている【鶴革の袋】を捉えている。

しらばっくれることなどできるはずもない。

そして、この蛇魔族はその気になれば確実に【生命の実】を作れてしまうだろう。

彼女は、アルヴァン王国を牛耳っている。

政治の力で俺の妨害と足止めをしつつ、けっして手の届かないところで民を虐殺すればいいのだから。

ならば、こちらが採れる手は一つ。

「順番を逆にするなら、その条件を呑んでもいい。これからも魔族の情報を流し続けろ。

そして、ミーナが最後の一人になったとき、こいつをくれてやる」

　これであれば、ミーナの暴走を止めつつ、協力関係は維持できる。

　ミーナの表情が一瞬だけ剣呑《けんのん》なものになったが、すぐにいつもの男を誘惑するものへと変わった。

「用心深いのですね」

「今回のペナルティだ。一度約束を破ったのだから、不利な条件を呑むのはそちらであるべきだろう」

「ですが、この交渉のテーブルにはあなたたちの命もベットされていることを忘れておりませんか？　ここは私の巣、そしてあなたは先の戦いで消耗している」

　どちらも正しい。

　この屋敷には強力な魔物が数百はいる。

　そして俺は地中竜との戦いで、ファール石を使い果たし、砲を失っている。【超回復】のおかげで魔力と体力が戻っているとはいえ、この状況で戦うのは極めて分が悪い。

「なら、こちらからも聞こう。命の危険があるなんて、ここへ来る時点でわかりきっていたこと。俺が何の対策もしないほど間抜けだと思うか？　俺たちの命はベットにならない。試してみるか？」

　まっすぐに互いの目を見つめ合う。

お互い、心理を読むことには長《た》けている。

だからこそ、通じ合うものがある。

「私の負けですわね。では、その条件を呑みましょう。これからは今まで以上に、仲間の情報を流しますし、政治の力でサポートもします。人間を食べることが不快なら、それも控えますわ。その代わり、私が最後の一人になったとき、約束通り【生命の実】をいただきます」

「交渉成立だ。……さて、用事も終わったし、タルト、ディア、帰るとしよう」

「はっ、はいっ」

「そうだね、あんまり長居はしたくないし」

俺が立ち上がると、二人も立ち上がる。

表情が硬い、異様な空気に緊張していたようだ。

「……最後に二つの忠告をしてあげますわ。一つ、【生命の実】を持ち続けることはおすすめしません。それは魔王の餌なのですから人間の手にはあまりますの。あなたは勇者《ばけもの》と違って、ただ強いだけの人間ということをお忘れなく。二つ、あなたが守りたいのは、この世界、それとも国、あるいは可愛《かわい》い恋人？　ちゃんと決めておかないと選択を誤りますわ。今回の儀式も佳境、もうすぐ、選択を迫られる。ただの人間が中心にいるせいで儀式が歪《ゆが》んでいる。いったいどうなるか、私でもわかりませんの」

「忠告ありがとう。参考にさせてもらう。対価は何がいい？」

「これはお気に入りの男の子への個人的なプレゼントですわ。どうしてもお礼がしたいなら、私を愛してくださいな？」

「断る。あいにく、ミーナは俺の趣味じゃない」

「まあ、ひどい。でも、そういうところも嫌いじゃないですわ」

ミーナの忠告、【生命の実】が危険だというのは当然だ。

そして、どうしてこのタイミングで何を守りたいかを聞いたのかについても、これまで集めた情報から何が言いたいかはおおよそ想像ができる。

俺がそこでぶれることはありえない。

俺は道具じゃなく、人として生きたいと願い転生した。

ルーグ・トウアハーデは大好きな人達と幸せになるために生きている。ただ、それだけなんだ。

Episode2

第二話　暗殺貴族は抱きしめる

The world's best assassin, to reincarnate in a different world aristocrat

蛇魔族ミーナの屋敷を出る。

ミーナとノイシュが見送ってくれていた。

帰りに俺たちを運んできた蛇を使うか？　と聞かれたが丁重に断っている。

あんなものを使って帰っているところを誰かに見られでもしたら破滅しかねない。

(帰る前にノイシュと二人きりで話をしたかったが、その隙はないか)

いや、初めから二人きりになる意味はないか。

二人きりで話をしたところで、今のノイシュはすべて主であるミーナに話してしまうだろう。

だから、覚悟を決める。

ミーナの前で、ノイシュに言うべきことを言おう。

「ノイシュ、教えてくれ。おまえがここにいるのは何のためだ？」

俺が知りたいのはノイシュがノイシュであるかどうか。

もし、ここでミーナのためと言えば、ノイシュはノイシュじゃなくなっている。

完全にミーナの操り人形だ。

ノイシュは人形のような無機質な顔で口を開く。

……駄目だったか。

いや、違う。

ノイシュの表情が歪む、それはなにか大事なものを守ろうともがく、人間の、男の顔。

絞り出すように、ノイシュが言葉を吐き出す。

「僕がここにいるのは、強くなるためだ。強くなって僕は」

そこから先は風の音でかき消された。

でも、十分だ。

ノイシュは大丈夫だとわかった。

「そうか、また会おう」

もし、もう駄目になっているならリスク覚悟でミーナから引き剝がすことを考えていた。

この状態でミーナと引き剝がそうとしても俺を敵と認識し襲いかかってくるし、力ずくで連れ帰った後もミーナのもとへ帰ろうとするだろう。それだけで済まず壊れてしまう恐れがある。

それでも、ノイシュがノイシュでなくなっていたのなら治療できるわずかな可能性にかけて強引な手をとるつもりだった。

……だが、今でもノイシュはノイシュだった。ならば、ギャンブルをすることはない。

ここへ置いていく。

「ああ、次に会うのは学園になるだろうね」

俺はミーナの顔を見る。にこにこと笑って、ノイシュの言葉を否定しない。

学園の修復は順調だ。そう遠くないうちに生徒たちは呼び戻されるだろう。

しかし、そこに今のノイシュを向かわせる気なのか？

「わかった、学校で」

いいだろう。どういう意図を持っているのかわからないが、ミーナから離れた状態でノイシュと共に居られる時間を与えられるなら、俺なりに色々と治療をやってみよう。

たとえ、それが罠《わな》であっても。

◇

それから行きの記憶を頼りに一番近い街まで飛び、宿を取った。

比較的治安がいいアルヴァン王国の中だが、この街だけは例外。とにかく治安が悪い。

選んだ宿は、この街では一番いい宿だ。

この街は治安が悪いからこそ奮発している。治安が悪い街では値段は快適さだけじゃなく、衛生面や安全性にも影響する。

安い宿に泊まるのは、命の安売りだ。食事に睡眠薬を混ぜこまれ、荷物が盗まれるだけならいいほう。人間だって、この街では立派な商品になる。

部屋に入るなり、ベッドに倒れ込む。

それを見たディアは真似《まね》をして同じように隣に倒れ込んだ。

「さすがに今日は疲れたな」

「うん、くったくただよ」

「珍しいですね。ルーグ様がそんなだらしない姿を見せるのって」

「私はどうなのかな？」

「あの、割といつもそんな感じなので」

タルトがちょっと顔を逸《そ》らしながら真実を告げた。

「これでもヴィコーネにいたときは深窓の令嬢として、隙を見せないようにしていたんだけどね。ルーグと一緒に暮らすようになってから、肩肘張るのが馬鹿らしくなっちゃったよ」

今でもディアが貴族の仮面をかぶっているときは完璧で隙がない立ち振る舞いをする。だけど、俺やタルト、信頼しているものの前では素が出るのだ。

「私も疲れました。体のほうの疲れはもう抜けたのですが、心のほうが」

「うん、【超回復】便利すぎだよね。どれだけ無理してもすぐに動けるようになるもん。……でも、心のほうはぜんぜん駄目だよ」

それこそが【超回復】の弱点でもある。

あくまで回復するのは体だけだ。

俺自身、魔族とのぎりぎりの死闘を繰り広げたあと、ミーナとの交渉で神経がボロボロになっている。

だからこそ、無理をしてトウアハーデまで一日で帰らず、近場で休みを取ることにしたのだ。

「そういえば、タルトはもう大丈夫なの？　ほら、いつも【獣化】を長くすると、大変なことになるよね？」

タルトの顔が赤くなった。

【獣化】の副作用でエロくなることは本人もとても気にしているのだ。

「ルーグ様に言われたとおり、毎日ちょっとだけ変身するうちに慣れて、我慢できるようになってきました」

あくまで我慢できるだけで、そういう衝動がなくなったわけじゃない。

今もちょっと目が熱っぽい。

「そうなんだね。我慢できちゃうんだ」

「あの、それがどうかしたんですか？」

「ううん、なんでもないよ。とにかくごはんにしよ。お腹空《なかす》いちゃった」

「はいっ、私もぺこぺこです。もしかして、【超回復】って回復力があるぶん、お腹が空くのが早いかもしれません。重い荷物をずっと運んでましたし」

タルトが壁に立てかけられている、魔道具の槍《やり》を見た。

いつもは【鶴革の袋】に収納するのだが、そこに入れたら最後、【生命の実】の影響を受けてどうなってしまうかわからない。

ハンググライダーで運ぶのに苦労したし、巨大な機械槍を背負いっぱなしで、街でも奇異の目で見られていた。

【鶴革の袋】がないのがこれほどまでに不便とは。

トウアハーデに戻ったら、なんとか使えるようにしないと。

◇

食事は、なんというか……微妙だった。

「うっ、パンもお酒もあんまり美味《おい》しくないよ」

「えっと、すごく普通ですね」

この街は王都のような一級品ばかりを扱う街でも、ムルテウのような世界中から品が集まる街でも、トウアハーデのように土地が肥え作物の品質がいいわけでもない。

そのため、舌が肥えた俺たちにとって不満が残る味だ。

それでいて、値段は王都の宿とさほど変わらないのだからやるせない。ここでは安全が高級品のようだ。

「その代わり、量だけはあるな。どっちかっていうと労働者向けの酒場だ」

とある例外を除いて、上流階級の連中はこない街だからだろう。

今日のメインである豚肉の炒《いた》めものがどかっとでてくる。

見た目からしてすごい、バラ肉、ロース肉、レバー、ハツ、小腸などなど、ありとあらゆる部位をとりあえず全部ぶち込んでしっかりと火を通して、甘辛いソースで味を塗りつぶす。

やりすぎなぐらいに火入れをしているのは鮮度の問題からだろう。ソースで隠しきれない臭さが鼻につくが、食べられないほど悪い肉は使っていない。……ぎりぎりではあるが。

味のほうは意外と悪くない。なんだかんだ言っていろんな味を楽しめる良さがあるし、濃い目の味付けは酒とよく合う。

「まあ、思ったよりは食べられる味だ」

「私にとってはこれでも十分すぎるご馳走《ちそう》です」

「たまにはこういうのもいいよね」

トウアハーデのメニューは家庭料理よりだが、母と俺の趣味でどうしても上品な料理が多い。

こういう機会でもなければ、こういう大雑把《おおざっぱ》な料理は食べられなかっただろう。

◇

部屋に戻り、面倒な仕事をしているとディアが後ろから覗《のぞ》き込んできた。

二部屋借りており、ディアとタルトは別部屋なのだが、パジャマ姿で遊びに来ているのだ。

パジャマが薄手なので色っぽい。

最近、気づいたのだがディアは成長中だ。女性らしくなってきている。

もしかしたら、母さんよりも大きくなるかもしれない。

「何をやってるのかな？」

「今日の報告書だ。ちゃんと送っとかないとな。……めんどくさいから、魔族を倒したことを黙っておきたいんだが、そうもいかない」

また魔族を倒したともなれば大騒ぎになる。

これで過半数の魔族を倒した。すべての魔族を倒せると国中盛り上がり、俺を祭り上げようとするだろう。

それは避けたいが聖地ではまた魔族像が砕けているだろうから、隠すことは不可能。

「どうして？　たぶん、また勲章が増えるし報奨金がもらえるよ。それどころか、新しい領地もらって出世できるかも」

「出世したくないんだ。これ以上領地が広くなったら隅々まで目が届かなくなるし、中央の政治に煩わされるようになるだろう。男爵が一番性に合う」

貴族は階級が上がれば上がるほど権力と富を得るが、義務も増えていく。

男爵は基本的に自分の領地のことだけ考えていればいい。

それ以上になると否応《いやおう》なく政治に参加させられるし、下級貴族達の面倒もみないといけない。

はっきり言ってめんどくさい。

……もっとも下級貴族でいる限り、上位貴族から理不尽な命令をされることもあるのだが、それを踏まえてなお割に合わないと考えている。

「欲がないんだね」

「欲はあるさ。欲しいものは全部手に入れる。俺と、俺の大事な人が幸せになるために必要なものはな。ただ、出世した先に、俺たちを幸せにしてくれるものがないってだけだよ」

今でも、望んで手に入らないものなんてほとんどないのだ。

逆に出世の先にあるのは望まないものばかり。

「ふふっ、そうだね。ルーグが偉くなるより、こうしていつも一緒にいられるほうがずっといいよ。お父様とか、いっつも忙しそうで、一緒にごはんを食べることすら滅多《めった》にできなかったんだから」

「伯爵ともなれば、そうだろうな。……一度しっかりと意思表示をしたほうがいいかもしれない。そしたら、前回みたいにやっかみで足を引っ張られることもなくなるだろうしな」

「意思表示って、出世したくないって、みんなの前で言うの？」

「それが一番早いんだが、それをやると、それはそれで癇《かん》に障る連中がでてくるのがな」

人の心とは理不尽で難しい。ましてや他人の心なんて相手が一人や二人ならともかく、複数相手になるとお手上げだ。

「よし、手紙は書けた。朝一で手紙を出せば、報告は終わり。俺はもう寝るよ。明日は【生命の実】について調べないといけないから、きっちりと体調を戻しておきたい」

「……そうなんだ、ちょっと残念」

ディアが後ろから抱きついてくる。

いつもより体温が高い気がした。

ディアの意図が体温と共に伝わってくる。

「疲れてないのか？」

「とっても疲れてるよ。でもね、そういう気分。私ね、ルーグがいなくなっちゃうかもって思うと、スイッチが入っちゃう。今日は魔族との戦いで、ルーグってば一人でとっても危ないことしたし、ミーナと話しているとき別人みたいで遠く感じて、ずっと、ずっと、こうなってたの。タルトにエッチな気分じゃないか聞いたの、タルトが我慢できないなら譲らないとって決めてたからだったんだ。私、変だよね」

「変じゃない、ちょっとわかる気がする」

不安を打ち消すために、つながろうとする。

お互いを感じることで大丈夫だと思いたい。俺もディアを感じたい。それ以上に、恥ずかしがりながら気持ちを打ち明けてくれたディアが可愛すぎて、だめになってしまった。

「きゃっ」

手品のように一瞬でディアの抱擁を解いて、逆に彼女をお姫様抱っこしてベッドまで運ぶ。

ディアは潤んだ目で俺を見上げ、俺を迎え入れようと両手を広げてきた。

「俺はいなくならない」

「うん、信じさせて」

俺は微笑んで唇を交わす。
俺はここにいる。そして、けっしてディアから離れない。
そのことを教えてやろう。

Episode3

第三話　暗殺貴族は禁断の果実を手にする

The world's best assassin, to reincarnate in a different world aristocrat

宿で朝食を食べている。

あまり期待はしていなかったが、悪くはない。

栄養はしっかりと考えられているし、腹も膨れる。

「ふんふんふん♪」

ディアは上機嫌だ。

昨日の夜愛し合ったからだろう。

彼女の場合、滅多にそういう気分にならないのだが、一度スイッチが入るととことん甘えてくる。

そんなディアをタルトが羨ましそうに見ていた。

別に昨日のことを俺やディアが話したわけじゃないが、なんとなく伝わってしまうものだ。

「あの、今から帰るんですか？」

いのだ。

最悪、【鶴革の袋】が内側から壊される危険性もあるため、悠長にしている場合ではな

【生命の実】のことが気になって仕方がない。

「ああ、手紙を出したらすぐに」

【鶴革の袋】は貴重な品で、壊しても代わりを手に入れることが非常に難しい。

できれば使いたくはないが、【鶴革の袋】を使わずに【生命の実】を安全に持ち運ぶ術は存在しない。

一応、特殊な合金で包んでいるが気休めだろう。

「じゃあさ、お土産買っていく？　ほら、たまにはそういう親孝行もいいと思うよ」

「この街でか？　あまり、お勧めはしないな。……とりあえず、手紙を出しに行くついでに露店でも覗《のぞ》くか。それぐらいならいいだろう」

「そうしよ。良さそうなものがなかったら、無理に買う必要もないしね！」

話は決まったし、食べ終わった。

さっそく出発の準備をしようか。

◇

大通りを歩き、郵便局を目指す。

一番いい宿であれだったことからわかるようにこの街は治安が悪い。

どれぐらいやばいかと言うと、女性一人では歩くのと娼館《しようかん》のショーケースに展示されているのとが変わらないぐらい。

大通りを歩けばいいなんて、そういう甘いことを考えれば取り返しがつかなくなる。

ここの領主とは面識があるのだが、かなり奔放な方だ。

街の方針も大雑把《おおざつぱ》。完全に来るもの拒まずで、犯罪者であろうが国外の人間であろうが、なんだって受け入れる。

そして、ろくに法が存在しない。ここで起こったことはすべて自己責任なのだ。強盗にあっても、殺されても、レイプされても、泣き寝入りするしかない。

まともな人間はここによりつかない。

ここにいるのは、ここしか居場所がない人間か、あるいはこういう場所だからこそ行える商売をしている人間がほとんど。

他の街では違法とされる商品だって普通に並んでいるし、盗品市が街の主要な産業なんてありさまだ。

……そういう街なので、さきほどから次々とディアとタルトに害虫がよってくる。俺がいるにもかかわらずだ。

下心もあるだろうが、二人ほどの美少女だと大金になると彼らは知っているし、誘拐を咎《とが》めるものがいない。

ここでは人間すら商品。美少女はとても良い値がつく。

害虫どもにとって二人を誘拐して売り飛ばすのは、金が落ちているから拾おう、そういう感覚なのだ。

「あの、さっきからルーグ様、本当に容赦ないですよね」

「うわぁ、また、ぶっ飛ばしたよ。いい放物線だね」

「言葉が通じないなら、こうするしかないだろう」

いちいちそういう害虫を相手にしていると疲れるので、下心をもって近づいて来た奴《やっ》らは、声を発する前に風のアッパーで顎を揺らして眠ってもらうことにしたのだ。

ディアとタルトはこんな害虫を簡単に駆除できるだけの力はあるが、大人の男から獣欲を向けられるのは怖いようで、俺にしがみついている。

二人を怖がらせている時点で有罪であり、容赦はしない。

それから、少し歩いたところでディアが立ち止まる。

「うわぁ、素敵なネックレスが売ってるね。使ってる宝石もいいし、細工もすごく細かくていいセンス。しかも安いよ、これ、三倍の値段がしてもおかしくないよ。お母様に買っていくのどうかかな？」

お母さまというのは、俺の母のことだ。一応、俺とディアは兄妹という設定であり、外ではボロが出ないように、そう呼んでいる。

ディアの視線の先を見ると、なんの変哲もない露店に、一流の美的感覚を持つディアですらうなるほどのネックレスが置かれていた。

あれなら、貴族の社交界につけていっても恥ずかしくないどころか一目置かれる。それほどの品だ。

「止めておいたほうが良い」

「あれ、間違いなく掘り出しものだよ。偽物って疑ってるのなら、そうじゃないって保証するよ」

「あれだけの品が、あの値段で売られているから逆にやばいんだ。盗品だ。この街がどんな街か教えただろう」

「あっ、そうだった。……うん、あれだけ立派なネックレスだと、見る人が見れば出自が一発でわかっちゃうよね」

この時代は大量生産されているものは少ない、とくに宝石細工の一級品なんてものは名のある職人が作った一品物がほとんどだ。

だからこそ、盗品をつけて社交界に出ようものなら、あっさりとバレて笑いものになる。社交界というのは、ひどくせまく、情報が伝わるのは一瞬だ。

普通なら、宝石を取り外してばらばらにして売る。しかし、あのネックレスはいい宝石を使ってはいるが、それ以上にデザインの良さと超絶技巧の細工で価値が生まれており、ばらして売ると価値が激減する。

だから、ネックレスのまま訳あり価格で売る。

ああいうのを買う奴は、盗品を身に着けているとバレても構わないような立場の人間か、あるいは人に見せないコレクション目的。

この盗品市は、盗んだものを安全に換金したい泥棒と、割安でいいものを手に入れようとする奴らとでバランスが取れている。

例えば、中央に出ない辺境の田舎貴族。パーティでつけても盗品だとばれるリスクが低く、かしこい買い物と言いながら、盗品市に通うものもいる。

「うーん、残念。お母様もああいうのを一つぐらいつければって思ったんだけどね」

「母さんは、そういうの興味がないからな」

トウアハーデは男爵でありながら、その医療技術と裏の暗殺家業で、そこらの子爵よりはずっと稼いでいたりする。

贅沢《ぜいたく》をしようと思えばできるが、母さんはそれを望まない。

「だからこそだよ。だれかが押し付けないと、いつまでもお洒落《しゃれ》しないよ。いい機会だって思ったんだ。ルーグのプレゼントなら絶対喜ぶもん」

たしかにそうかもしれない。

母さんは気にしてないとはいえ、社交界で宝石類を身に着けない母さんを笑う連中がいるのもまた事実だ。

彼らを見返してやりたい。

「……よし、マーハに頼んで、ムルテウから良い宝石を送ってもらおう。ただ買っただけのネックレスなら、母さんは申し訳無さそうにして断るだろうけど、俺が作ったネックレスなら喜んで身に着けてくれると思う」

そう決めて、さっさとその場から立ち去る。

「ここで買わないの？　ほら、その、ばらばらにされた宝石が安く売られてるよ。そっちなら、ね？」

「たしかにそっちなら、盗品だとばれることはないし割安だ。だけど、母さんがそういう出自のものを着けてるのは嫌なんだ。第一、一緒に俺たちの婚約指輪も作るんだ。ディアだって嫌だろ、婚約指輪にそういう宝石を使うの」

「うっ、たしかに。って、今、さりげなくとんでもないこと言ったよね！　婚約指輪って何⁉　聞いてないよ！」

「宝石の話をしたのと、こうやって次々と他の男がよって来るのを見て、婚約指輪があれば虫除《むしよ》けになるなと思ってな。ほんとうは、もっと早く作るつもりだったんだけど、ばたばたして忘れてた」

俺とディアは婚約している。

この国では、兄妹の婚約なんて珍しくもなんともないので、隠す必要はない。

むしろ、婚約指輪があれば害虫除けになっていいだろう。

「……うれしい。そういうの、見える形になるってどきどきするね」

ディアが俺の上着の裾を摑《つか》んだまま顔を伏せる。

「楽しみにしておいてくれ。いいのを作るから」

二人の婚約指輪だ。

生半可なものを作るつもりはない。材料から拘《こだわ》る。俺の商会オルナが持つ巨大ネットワークを使い、最高品質のものを手に入れてやろう。

せっかくだし、いざっていうときに攻撃魔法を使えるようにしておくか。ファール石もそうだが、宝石によっては魔力との相性が良く魔力を溜《た》め、術式を刻める。

「おめでとうございます。ディア様」

タルトが笑顔で祝福する。

しかし、その表情にはほんの少し、俺でなければ気付かないほどの悲しさと羨ましさが混じっていた。

俺は苦笑し、タルトの頭にぽんっと手を乗せる。

「なに、他人事みたいに言っているんだ？　タルトの分も作るに決まっているだろう」

タルトが両手で口を押さえて、俺の顔を見上げる。目が潤んでおり、こらえきれない涙が溢《あふ》れた。

「あの、その、とっても、とっても、うれしいですけど、その、私、使用人で、平民で、いいんですか？」

「いいに決まっている。それとも、婚約は嫌か？」

「嫌じゃないです!!」

すごい剣幕《けんまく》だ。

まるでおもちゃを取り上げられそうになった子供のよう。

「タルトのそういうところって、めんどくさくて、可愛《かわい》いよね」

「ああ、そうだな」

「ううう、二人共、意地悪ですぅ」

三人で笑い合う。

二人とも可愛くて愛《いと》しい。

俺は二人のためなら、なんでもできるだろう。

◇

昨日作った報告書が伝書鳩《でんしょばと》によって王都へと運ばれていく。

それを見届けたあとはトウアハーデの屋敷に戻る。

そして、領内の通信機を使い、マーハに予算とどんな宝石がほしいかを伝え、取り寄せを依頼して、裏山に来ていた。

そこは領民ですら立ち入り禁止であり、タルトとディアにも何があっても近づくなと言っていた場所。

つまり、何があっても被害を受けるのは俺だけで済む。

「さて、鬼がでるか、蛇がでるか」

【鶴革の袋】から、いよいよ【生命の実】を取り出す。

期待と不安、その両方が胸の中で暴れていた。

さあ、魔王を呼び出すための力、どれほどのものか試してやろう。

Episode4

第四話　暗殺者はボロ雑巾になる

The world's best assassin, to reincarnate in a different world aristocrat

これほどとは……。

解き放たれた【生命の実】の力を見て、内心で舌を巻く。

【生命の実】のことを軽んじていたわけじゃない。

最大限の評価、そのさらに一つ上を想定していた。

だというのに、それすら超えてきた。

【生命の実】はただの力の結晶じゃない。

万を超える魂は、餌にされて糧になったわけじゃなく、たった一つの果実に生まれ変わった。

鼓動をし、生きている。

そこがファール石とは根本から違うところだ。俺が愛用しているファール石はあくまで魔力のバッテリーに過ぎない。

だが、こいつは魔力を生み出し続けるジェネレーター。

魔力を溜《た》め込める性質の物はいくらでもあるが、魔力を生み出せるのは生命だけなのだ。

こんなものをいくつも喰《く》らって生まれてくる魔王、想像をしただけで寒気がする。

なにせ、この【生命の実】一つで勇者エポナの力にすら匹敵するのではないかと思えてしまうぐらいだ。

複数の【生命の実】と魔族を材料に生み出される存在が魔王と言うなら、そんなもの無敵に決まっている。

それ以上に厄介なのが、さきほどから生唾が溢れて止まらないこと。

初めて、こいつを見たときと同じ渇望が胸の中で暴れている。

（喰いたい。うまそうだ）

ここまでの飢えは初めてだ。

かつて訓練で二週間ほど絶食をしたことがある。そのときですら、ここまでの飢餓感はなかった。

本能が、こいつを喰らえと叫んでいる。

あまりにも甘美な誘惑。

今すぐかぶりつかなければ、頭がどうかしそうだ。

それでも理性でブレーキをかける。

こんな膨大な力を受け入れられるわけがない。

なによりも、その質が非常に危険なのだ。

ただの純然たる力の塊であれば、【超回復】と【成長限界突破】で適応できる可能性もある。

一口で食べず、ちょっとずつかじり、壊れていく体を治しつつ、適応していく。俺ならそれができる。

……ただ、この力は生きている。

（俺が俺じゃなくなる）

万を超える人の意思と感情が何かに無理やり束ねられて混じり合うことで、とんでもなく異質かつ、圧倒的なものとなっている。

そんな意思と感情を力と共に受け入れれば、俺の体は無事でも、ルーグ・トウアハーデという人格は消し飛び、何か別の存在になるだろう。

それは、ルーグ・トウアハーデという形をした【生命の実】の操り人形に他ならない。

（まったく、禁断の果実そのものだ）

苦笑する。

口にすれば、俺は間違いなく強くなる。それこそ勇者以上の化け物に。その代わり、強さ以外の全てを失う。

ときに本能に従うことも重要ではある。

だが、ここは違う。

理性で本能を乗りこなし、悪魔の誘惑を跳ね除《の》けろ。

暗殺者にとって、冷静さというのは最大の武器だ。

「さあ、おまえの正体を見せてもらおうか」

俺はすべての感情と本能を乗りこなし、荒れ狂う命の結晶を解析し始めた。

こいつが何かを摑んだ先に、俺が知らない隠された真実があるはずなのだ。

◇

それから五時間後、なんとか屋敷に戻ってくることができた。

「きゃっ、ルーグ様、いったい何があったんですか⁉」

タルトが悲鳴をあげて、持っていた皿を落としてしまった。

「ちょっと無理をした。大丈夫、応急処置は、した、父さんを呼んでくれ、自分じゃ、どうにもできない」

今の俺の格好は悲惨なものだ。

服がずたずたになり血まみれ、胸に大きな裂傷。

さらに左手はひどい火傷《やけど》をし、右腕は折れ、肋骨《ろっこつ》と左足にヒビが入っている。

ここまで壊されたのは久しぶりだ。

しかも、体にまとわり付いた【生命の実】の意思を持つ魔力が、【超回復】を阻害し、回復が遅い。

後遺症が残るようなダメージを防げたのがせめてもの救いだ。

「かしこまりました！　すぐにキアン様を呼んできます！」

「ああ、頼む。俺はここで待ってるよ」

父さんはこの国一番の医者だ。任せておけば安心できる。

限界だった。壁にもたれ、そのままくずおれる。

タルトが駆け足で父の書斎を目指す。

俺は壁によりかかりながら歩く。

「……とんでもない爆弾を抱えてしまったな」

体はボロボロ、魔力も空っぽ。

だが、俺の口端はつり上がっている。

この傷に見合った成果は得ているからだ。

少々のトラブルはあったものの、【生命の実】の解析ができた。

俺はまた一つ強くなっている。

そして、女神や魔族、教会の連中が隠していたルールに気付いた。

強くなったことより、そちらのほうがよほど大きい。

今まで、女神や魔族が隠していた選択肢を見つけた。それを選べば、女神も魔族もどちらの〝プレイヤー〟も望んでいない結末を目指せる。

俺はその隠された選択肢を選ぶ。

このまま奴《やつ》らの定めたルールに従い、奴らの敷いたレールを歩けば、俺の幸せは壊れてしまう。

ああ、そうか。

やっとわかった。

勇者エポナが、これから先、壊れてしまうわけが。

◇

目をさます。

体が清められ、服もゆったりとした寝間着になっていた。

いたるところに包帯が巻かれている。

どうやったかわからないが、俺にまとわり付き、回復を阻害していた有害な魔力が除去されている。

さすがは父さんだ。完璧な治療をしてくれた。

「あっ、ルーグ様がお目覚めになりました！」

「もう、心配したんだから」

タルトとディアが俺の手を握ったまま、声をかけてくれる。

「……俺は気を失っていたのか」

「びっくりしました。キアン様を連れてお部屋に伺ったら、ベッドの前で倒れていて、ぴくりともしなくて」

「あれ、一瞬、死んでるかと思ったよね」

うっすらとだが覚えている。

部屋に入ったあたりで張り詰めていた糸が切れて、全身から力が抜けた。

「悪かったな。今回は無茶《むちゃ》をした」

「そんな無茶するなら連れて行ってよ！」

「はいっ、ルーグ様をお守りするのが私のお仕事です！」

「危なすぎる。一歩間違えれば、死んでいたんだ。今回、連れていけば、確実に巻き込んで負傷させていた。……この程度じゃすまないぐらいに」

はっきり言って、【生命の実】は確実に俺の手に余る、それほど強大な力だった。

「だからこそだよ。私たちも強くなったんだからね。いつまでもルーグに守られているだけじゃないんだから」

「そうです。ルーグ様に頂いた力を毎日、きちんと磨き上げてます」

【私に付き従う騎士たち】の力で、【超回復】と【成長限界突破】を与えてから、二人は今までの訓練に加え、身体能力・魔力量を上昇させるための訓練を続けている。

その成果が出始め、基本スペックでは人間として最高峰にいた。

それに、今までの魔族との戦いを振り返ればわかる。

一つとして、俺一人で勝てた戦いなどない。二人がいたから勝てた。

彼女たちはもう守ってやらないといけない存在じゃない。

……そんなことわかりきっていたはずなのにな。

「そうだな、次は頼む」

だから、素直になることにした。

いい加減、彼女たちが一人前だと認めよう。

「素直でよろしい。じゃあ、私は部屋に戻るね。今日は安静にしておくんだよ」

「ああ、さすがに疲れた」

【超回復】のおかげで、だいぶ体力も魔力も回復して来ている。

だが、体が鉛のように重く、頭がうまく回らない。

「あの、お食事はできますか？　キアン様は食べてもいいとおっしゃっていました」

「なら、いただこう。あっさりしたもの、麺がいいかな」

「はいっ、すぐに作ってきます」

二人が部屋から出ていこうとする。

そんな二人に向かって声をかける。

「なあ、俺は俺か？」

「変なことを聞かないでよ。ルーグはルーグだよ」

「あの、どこか、調子が悪いんですか⁉」

「いや、なんでもない。変なことを聞いて悪かった」

俺は再び横になる。

【生命の実】を解析中。事故が起きた。

そもそも俺は、あれを調べるつもりはあっても、力を得るつもりなどかけらもなかった。

危険過ぎるからだ。

しかし、【生命の実】が生きて、意思を持っているという事実を軽視しすぎた。

生きて意思を持っている以上、【生命の実】は目的のために動く。

俺を誘惑し、自らを喰わせようとしたのもそのためだ。

それを理性で抑えつけて、安心してしまった。

しかし、【生命の実】は次の手を打ってきた。誘惑し喰われることを待つのではなく、俺を喰い取り込もうとしたのだ。

あれと繋《つな》がり、万を超える意識の集合体に俺という人格が押し潰され、【生命の実】の目的を果たす操り人形になる直前にまで追い込まれた。

ぎりぎりで、用意してあった保険を使い、俺という人格を守り、さらには繋がりに蓋ができた。

俺が多くの情報を得られたのは【生命の実】が俺を支配した際に、どんな目的で何をさせようか流れ込んできたのが大きい。

だが、その代償に俺はまだアレと繋がっている。

そう、繋がりに蓋はできたが、繋がりを断つことはできなかった。

「……まったく、どうしたものか」

手をかざす、するとそこから膨大な魔力が流れでた。

それは俺の瞬間魔力放出量の数倍。

その力の元は、とある手段でトウアハーデの領地に封印した【生命の実】だ。繋がっているからこそ、距離に関係なくこういう芸当ができる。

少し蓋を緩めただけでこれだ。全力を出せば、さらに数倍は出せる。

だが、滅多なことで使うつもりはない。

この力は諸刃《もろは》の剣。

下手をすれば、気がついたときには俺が俺じゃなくなっているほど危険な力。

しかし、強大な力であることもまた事実。

女神と魔族、その両方を出し抜く道を選ぶのであれば、この力が必要になるときもくるだろう。

うまく付き合って行く方法を考えないといけない。

たとえ、それが【生命の実】の罠《わな》であっても。

Episode5

第五話　暗殺者は指輪を作る

The world's best assassin, to reincarnate in a different world aristocrat

ボロボロになったあの日から数えて三日目の朝がきた。

体が軽い、痛みも消えている。

「ようやく、治ったか」

【生命の実】の解析中に負った傷が癒えた。

火傷や傷の跡も残っていない。

父さんが適切な処置をしてくれたおかげだ。【超回復】任せの強引な自己回復力の強化だと、跡が残ってしまう。

容姿というのは、暗殺者にとって重要な一要素。

ターゲットの懐に入るには、第一印象が重要であり、悲しいことに容姿がものをいう。

醜い傷跡や火傷などは大きなハンデになってしまうのだ。

「もし、【超回復】がなければ、一年以上寝込んでいただろうな」

俺の体で回復に三日もかかる大怪我《おおけが》。【超回復】はもともと治癒力を百倍にする。

さらに熟練度があがり百数十倍の回復力になっているにもかかわらず、三日も動けなくなるなんて相当だ。

「あの力も妙に馴染《なじ》んでしまった」

体内にわずかに入り込んだ【生命の実】の力、それがすっかり血肉の一部になってしまった。今は蓋をしているとはいえ繋がりもしっかりと感じ取れる。

現状では、メリットしかない。

しかし、油断はしない。爆弾を抱えてしまったようなものだ。

だからこそ、これとの付き合い方はちゃんと考えておかないといけない。

◇

通信機の録音機能を使い、三日の間に重要な連絡がなかったかを確認する。

連絡は一件のみ、マーハからだ。

俺の容態はタルトから聞いており、起きたら連絡をしてほしいとある。

さっそく通信機を使う。

向こうも忙しいから、出ることは難しいだろうが、こちらが通信機を取れる時間を録音で伝えることはできる。

しかし、その予想は裏切られた。

通信が繋がって、一秒でマーハがとったのだ。

きっと、通信機にかじりついていたのだろう。

『体はよくなったの⁉』

「ああ、もう大丈夫。前より強くなったぐらいだ」

『そう、本当に心配したわ。仕事を全部放り出して、そっちに駆けつけようかと何度も思ったもの』

「どうして、そうしなかった？」

『ここがルーグ兄さんに任された私の戦場だから』

「いい子だ」

やるべきことをやってくれる。言葉にすると簡単だが、それを実行できるものは少ない。

そして、いついかなるときも正しく行動してくれる部下というのは非常にありがたい。

信頼し、任せておける。

『そういう子供扱いは嫌いなのを知っているでしょう？』

「悪かった。癖が抜けなくてな。用件はそれだけか」

『いいえ、ルーグ兄さんに頼まれていたものが手配できたわ。ネックレス用に使う宝石、指輪用の宝石、それも石を指定して四種類。ダイヤモンド、エメラルド、サファイア、アレキサンドライト。それからミスリルも』

「ありがたい」

『ごめんなさい、全部特級品を揃《そろ》えたかったけどエメラルドとサファイア、アレキサンドライトは一級品しか手に入らなかったの』

「いや、ダイヤモンド以外はむしろ一級品のほうがいい」

それらの特級品は全体の採掘量からすれば三％にも満たない。

急ぎで用意するように頼んだんだ、手に入らなくても仕方ない。

それに、特級と一級の差は技術で覆せる。

『ねえ、質問してもいいかしら？』

「構わない」

『ネックレスはエスリ様へのプレゼント。指輪は婚約指輪と聞いているけど……どうして指輪用の宝石が三種類もいるのかしら？　一つの指輪に二つの宝石を使うデザインをしているの？』

その声には不安と期待が混じっている。

マーハには、そうあってほしいという答えが胸のうちにある。

「いや、単純に三つ作るだけだ。ダイヤモンドの力強さと上品さを併せ持つ輝き、カットの仕方でいくらでも表情が変わる魅力、最硬度という性質から連想させられる意志の強さ。

ディアのイメージにぴったりだ。ディアの婚約指輪はダイヤを使う」

『私のダイヤモンドのイメージとは違うわね。たしかに独特の輝きがあるけど、どちらかというとその硬さを目当てに工業で使うイメージがあるわ。市場での評価も宝石としては二流扱いよ』

「言っただろう、カットでイメージが変わると」

こちらにはダイヤを研磨する技術がない。ダイヤは極めて硬い物質であり加工が難しい。

そして、未加工のダイヤというのはさほど美しいものではない。

実際、転生前の世界でもダイヤモンドカットの技術が確立するまでは宝石としての評価は低かった。

マーハの言ったように、主な用途は工業用。

だが、俺ならダイヤモンドを美しくカットできる。

どんな宝石よりも美しく、ディアに相応しいものに仕上げてみせよう。

『完成品が見てみたいわね。それで、そのダイヤ以外はどうなの？』

「エメラルドはタルトのイメージだ。翡翠《ひすい》色で暖かな輝き、側にあるだけで安らげる。俺にとってタルトはそういう存在で、だからこそエメラルドを選んだ」

エメラルドはただ美しいだけの宝石じゃない。心を癒やす効果を持つ。

『たしかに、タルトはそうね。あの子がいるとほっとする……それで、サファイアはどうかしら？』

マーハの声が震えている。かなり緊張しているようだ。

そろそろ意地悪はやめるとしようか。

「サファイアは、静かで怜悧《れいり》な美しい青の宝石だ。その青の輝きは揺らめき妖しい魅力を醸し出す。いつも冷静で、誰よりも頭が良く、綺麗《きれい》なマーハにはサファイアがぴったりだと思った。ほんとは今度会うときのサプライズにするつもりだったのに。……こういう聞き方をされると言わざるを得ないじゃないか」

端末の向こうから、声にならない声が聞こえる。

しばらく、返事がない。

必死に溢《あふ》れた感情を隠しているようだ。

『……その、ありがとう。指輪の完成を心待ちにしているわ』

「最高のものを作るよ。それと、来週か再来週のどこかでうちに来られないか？　そろそろ両親に紹介したいと思っている。婚約をするんだから、そういうのも必要だ。そのときに指輪を渡す」

『なんとかしてみせるわ。そこまで馬車だと往復何日かかるかしら？　スケジュール調整が難しそうね』

「飛行機を使って迎えにいく。一日で往復できるから、丸一日スケジュールを空けられれば問題ない」

『それなら、なんとかしてみせるわ。必ず行くから！』

「楽しみにしておく。今度日付を調整しよう」

通信を終える。

そうか、宝石がどれも手に入ったか。

「今のうちにデザインを仕上げておこう」

俺は机に向かう。

暗殺を行う際、美術商やデザイナーの顔を使って取り入ることも多く、こういったデザインの知識や技術は十分にある。

彼女たちの魅力を十分に引き出すデザインを仕上げてみせよう。

◇

それから一週間後、母さんが契約しているオルナの定期便に紛れて頼んでいた宝石とミスリルが届いた。

それを持って、作業用に建設した工房に移る。

「二人共、装飾品作りなんて見ていて面白いものじゃないと思うが」

「すっごく気になるよ！」

「はいっ、わくわくします」

タルトとディアが見学したいと言い出したので好きにさせる。

最初に宝石自体の加工を行っていく。

そのままでも美しい宝石もあるが、ダイヤなどは加工してこそ輝く。

実際、転生前の世界では、ダイヤモンド、ルビー、サファイア、エメラルドの四つを四大宝石と呼んでいた。しかし、こちらの世界ではダイヤの価値は非常に低い。

そしてアレキサンドライト、サファイア、エメラルドの三つは全体発掘量からすれば三%に満たない特級品のみ価値を認められ、残りの九十七%はあまり評価は良くなかったりする。

「まずはサファイアから手を加えようか」

「これ、特級品じゃないよね。本当に、この石でいいの？」

さすがはディアだ。

大貴族の令嬢だけあって、宝石に対して目が肥えている。

一発で特級品ではなく、一級品でしかないことを見抜いた。

「ああ、構わない。すぐに特級品になる」

サファイアにおける特級品と一級品の違いは青の濃さ、そして内側に汚れがないかを意味する。

未加工のサファイアでは青が淡すぎることがほとんどだし、内側に汚れがあることも多い。しかし、全体の三％だけ十分な青の濃さを持ち、不純物が極めて少ないサファイアが採掘される。

そして、今回用意できた石は、色が淡く気品が足りない。そして少しだが不純物が交じっている。

これは一級品の中でも、極めて特級に近いもので、急ぎの割りにはよく手に入れられたものだと感心できる品だ。

それでもこれをそのまま身に着ければ、貴族社会では本物を買うことができない弱小貴族が見栄《みえ》のためにまがい物をつけていると馬鹿にされるだろう。

しかし、一級品でも加工をすれば特級品へと化ける。

「【精密火炎】」

ピンポイントを狙えるように改良した炎の魔法だ。

その炎を以《もっ》て加熱処理を行う。

サファイアは１６００度もの超高温で加熱すれば、化学反応を引き起こすことが可能。

その化学反応により、淡い色が濃くなっていくし、内側の汚れを除去できる。

細心の注意を払う。温度が低すぎれば意味がなく、温度が高すぎては宝石を台無しにする。この温度帯で精密な調整は、俺でも神経をすり減らす。

しかも、ただ濃くすればいいわけじゃない。

もっともサファイアの怜悧な青の魅力を引き出せる濃さを目指す。

仕上げに土魔法でズルをして完成。

「どうだ、ディア。特級品になっただろう」

「うん、この気品のある青は特級品。すごいね、魔法みたい」

「魔法を使っているからな。……魔法を使わなくてもできなくはないが」

その場合は、それに特化した大規模な設備と熟練の技が必要になる。

「それに、これ、最高級の揺れる青だよ。ここまではっきりした揺れる青は初めてみた」

「よく知っているな。そう、揺れる青だ」

そして、もう一つこだわりがあった。

サファイアの美しさは青の輝きだけじゃない。

サファイアの奥にある絹の糸のように見えるシルクインクルージョン、それが青の輝きを揺らめかせる。

サファイアの特級品は濃い青だけでなく、青の輝きが揺れることが条件。

通常、加熱処理をすればシルクインクルージョンは消える。シルクインクルージョンの正体は細い針状のルチルでしかなく、高熱で溶けてしまうからだ。

それ故に、転生前の世界でも加熱処理が必要ない、天然の状態の濃い青で汚れが入ってないものは数倍の値がつく本当のサファイアと呼ばれた。

科学技術があっても、揺らめく青だけは作り出せない。ゆえに本当のサファイアは超希少品で市場に出回ること自体が滅多《めった》にない。

しかし、俺は魔法というズルが使える。加熱処理のあとに魔法でルチルを組成に組み込んでしまえばいい。これは科学技術では不可能。

「とっても素敵な青い宝石です。サファイアって言うんですね」

「うん、そうだよ。でも、ただのサファイアじゃないよ。だって、私でもこんな見事なサファイア、見たことない。王女様がつけてたのより、すごいサファイアだね」

「天然ものと違って、俺が完璧に加工したからこそ最高のものになった」

天然と加工品の違い、それは理想の形を作れること。

淡い青だったからこそ濃くしていくことで理想の青を作れたし、こうして計算ずくで揺らめく青を作れた。

技術さえあれば、加工品は天然品を凌駕《りょうが》できる。間違いなく、このサファイアはこの世界ではもっとも美しいサファイアだ。

「これで、サファイアは終わりだ。次はダイヤだな。危ないから近づくな」

新たな魔法を詠唱する。

指先から水が十センチほど吹き出てそれが固定される。その水は超高速循環しながら、粉末を運んでいる。

「その魔法について教えてもらっていいかな?」

「名前は【水刃】、超高圧の水流にダイヤモンドパウダーを混ぜて循環させる。水圧とダイヤの硬度でどんな名剣でもあっさり切り裂く。そうだな……工房の端にある失敗作の銃をこっちに向かって投げてくれ」

「えっと、はい」

ディアが銃を投げてくる。

その材質は鉄を中心にした合金。それを空中で斬って見せた。

鉄がバターのように何の抵抗も見せずに斬れるのはシュールな光景だ。

「凄《すさ》まじい切れ味だろう」

「めちゃくちゃだね。それ」

「こんなものでもないとダイヤは加工できない。ダイヤより硬い金属が手に入らない以上、ダイヤを加工するにはダイヤを使う」

極めて合理的な判断。さっそく作業を始める。

目の前にはとびっきりのダイヤがあった。

この世界では二流の宝石とされているそれを【水刃】で何度も斬りつける。

この【水刃】は最硬度のダイヤすら切り裂ける。

「ルーグ様、すごい手際です」

「もう手が見えないよね、いったい何十回斬るんだろう」

極限の集中状態の中、数十回刃を走らせた。

そして、ようやく完成する。

ダイヤモンドカット……その中でももっとも有名かつ王道なラウンドブリリアントカットで仕上げた。ダイヤモンドと言えば、まず誰もが思い浮かべる姿。

人がもっともダイヤが美しく見えるよう、何百年も努力してたどり着いた集大成。

これが完成形で終着点だと俺は考えている。

事実、これ以上に美しいカットは数百年生み出されていない。

そんなものをこの世界に持ち出すのは反則とも言えるが、ディアのためには反則もしよう。

「完成だ」

「うそっ、これがダイヤ。信じられないよ」

「綺麗です、見惚《みと》れちゃいます」

少女二人は、ダイヤの美しさに魅せられている。

「これが本当のダイヤの魅力だ。ダイヤはそのままだと、輝かない。だけど、カット次第でこれほどの輝きを見せる」

　ダイヤモンドカットの誕生以降、宝石の王として君臨する美しさは伊達じゃない。こちらの世界の住人であろうと一瞬で魅了する。

　宝石の価値と美しさは見た目だけで決まるわけじゃない、そこにつけられた値段、希少性、そういうラベルも込みで人は見る。

　こちらの世界でダイヤは価値が認められず、そのラベルがない。それでも、そんな常識を吹き飛ばすだけの美しさが、このダイヤには存在した。

「……さすがに疲れたな。サファイアの加熱も、ダイヤのカットも、やたら神経を使う。エメラルドは休憩してからにしよう」

　どちらも非常に難易度が高い作業だった。

　わずかなミスが致命的なまでに宝石の魅力を損なう。

「ちょっと思ったんだけどさ、このダイヤを売ればすっごい値段がつくんじゃないかな？　こんな綺麗《きれい》だし。それなのに市場でのダイヤの評価は低いから仕入れ値はとっても安くて、とっても儲《もう》かると思う」

「はいっ、私、こんな素敵な宝石初めてみました。ぜったい、貴族とかお金持ちの人とか欲しがると思います」

　俺は苦笑する。

「だろうな、ダイヤを商品にすればオルナは宝石業界を支配できる」

そういう未来が見える。

実際、俺たちの世界ではダイヤの利権を握った宝石商が、業界を支配してしまった。

ダイヤとはそれほどの存在だ。

「その言い方だとやる気はないみたいだね。オルナの客層にもぴったりなのに」

「商売のことだけを考えるならやるべきだな。だが、俺は、ダイヤはディアだけに身に着けてほしい。たとえ、お姫様に頼まれたって作りはしない」

ディアがこの世界で唯一、ダイヤの輝きを身に着ける。

むろん、いつか誰かがダイヤモンドカットの技術を手に入れるだろうが、それまではディアだけのために輝く。

それが俺の願いだ。

「……ルーグって、たまにすっごく気障《きざ》なことを言うよね」

「嫌か？」

「ううん、最高っ」

ディアが抱きついてくる。がんばった甲斐《かい》があったというもの。

さて、残りの作業も仕上げるとしよう。そして、最高の指輪を完成させるのだ。

Episode6

第六話　暗殺者は宣言する

The world's best assassin, to reincarnate in a different world aristocrat

あれから三つ目の宝石であるエメラルドの加工を行った。

ダイヤモンド、サファイアと同じくエメラルドもまた手を加えることで美しくなる宝石だ。

含浸処理をした上でカットを施す。

そうすることで、エメラルドは緑色から翡翠《ひすい》色へと変わる。タルトにぴったりの優しくて穏やかな美しさの宝石へと。

そして、いよいよ最後の宝石だ。母さんのために用意したアレキサンドライトを取り出した。

太陽光の下では青みがかった緑色の輝き、蠟燭《ろうそく》や灯で照らすと落ち着いた赤色に変化する二つの顔を持つ魅惑の宝石。

天然ものでは色が変わらなかったり、色がくすんでいるものばかりだし、鮮やかに見えても変色前か変色後かどちらかの色が悪いことがほとんど。

きっちりと色が変わり、そのどちらも美しいアレキサンドライトはとてつもない貴重品で幻の品だ。市場に出回ることすらほとんどなく、国宝級の価値がある。

だが、俺ならば加工により、緑と赤の変化をくっきりとさせつつ、変化前も変化後も美しくすることができる。

(こいつばかりは魔法だよりだ)

科学ではどうにもならない。正しくは科学でどうにかするなら、とんでもなく大がかりで精密な機械が必要。転生前の技術水準ですら、理論上は可能と言われているに過ぎない。

だが、こちらには組成自体を弄《いじ》る魔術が存在する。

この石を選んだのは、アレキサンドライトの持つ石言葉が安らぎと情熱。いつも静かに微笑《ほほえ》んでいて、でも胸のうちには芯の強さを持っている母さんにぴったりだと思ったからだ。

少々、苦戦したが思い通りの仕上がりになった。

「これで宝石の加工は終了だ。あとは、宝石とミスリルで首飾りと指輪を作る……というわけで、そろそろ出て行ってくれ」

「えええええ、もっと見ていたいよ」

「首飾りと指輪にしていくところが気になります」

「それを見ると、プレゼントをもらったときに驚きがなくなるだろう。ここから先は、完成してからのお楽しみだ」

有無を言わさず二人を追い出した。

ここからが本番だ。

最高の宝石というのは、ただの原料に過ぎない。

その宝石を活《い》かすも殺すもデザイン次第。

幸いなことに超一流の宝飾品を前世でもこちらでも、飽きるぐらいに見てきた。

それらをお手本にしつつ、それらに触れて磨かれたセンスで彼女たちに相応しいものを作り上げてみせよう。

◇

首飾りと指輪を作ってまる一日が経《た》った。

朝から、ディアとタルトがそわそわしている。

今は夕食のさなかだが、彼女たちからの視線を何度も感じていた。

俺の作った指輪が気になって仕方ないらしい。

昨日のうちにきっちり仕上げているが、あえて渡していない。

渡す日はすでに決めている。

ちょうど、夕食が終わったところで、話を振った。

「母さんにプレゼントがあるんだ。まだちゃんと、妊娠のお祝いを渡していなかっただろう」

そう言って、首飾りを取り出す。

アレキサンドライトが輝く首飾り。

青みを帯びた緑の宝石、それが蠟燭《ろうそく》に照らされたときだけ赤く変わる。

父さんが眉をぴくりと動かす。これの価値を知っているからこその驚き。

「まあ、素敵な首飾り！……でも、すごく高そう。気持ちはうれしいけど、ルーグちゃんに無理をさせるのは心苦しいです」

「そんなに高いものじゃないさ」

「嘘《うそ》です。私だって、それぐらいわかるんですから。キアン、この首飾りどれぐらいしますか？」

俺が嘘を言うと思って父さんに話を振った。

さすがに母さんは手ごわい。

「ふむ、ミスリルを使った美しい銀細工は精緻でセンスもいい。特級品なんて言葉で言い表せないほどのアレキサンドライト。それも五カラットはある。この前茶会に呼ばれた、リングランド伯爵家の屋敷を覚えているかね？」

「はいっ、とっても豪奢《ごうしゃ》で綺麗で広々としたお屋敷でした」

「あの屋敷ぐらいなら軽く買える。いや、そもそも値をつけようとすること自体がナンセンス。金で買えるような代物ではない」

母さんは、さすがにそこまでは予想していなかったようで目を見開く。

「こんなもの受け取れません！　すぐに返品しなさい。そのお金はルーグちゃん自身のために使うべきです！」

母さんならそう言うと思った。

だからちゃんと、返しの言葉も考えてある。

「安心して。俺の手作りだから、見た目ほど金はかかってないんだ。一級品の宝石を加工して綺麗にしてあるだけだから。銀細工も俺の手作りだしね」

特級品ではなくても、それなりの値段はするが俺の収入を考えるとさほど無理はしていない。

「ほんとですか？」

「ああ、本当だ。だから、受け取ってくれ。母さんのためにがんばって作った。突き返されるのは辛いよ」

「ううう、ずるいです。そんなこと言われたら、受け取るしかないじゃないですか」

口ではそんなふうな憎まれ口を叩《たた》きながらも、口元はにやけている。

「ありがとう。大事に使いますね」

そういって、首飾りを身に着ける。

とても似合っていた。これでもう母さんが社交界で陰口を叩かれることはないだろう。

母さんは気にしてなくても、大好きな母さんを悪く言われるのは嫌だ。

……マザコンと言われかねないので、このことは口にしないが。

そんな俺の耳元で、ディアの声が聞こえる。

俺にだけ聞こえるように魔力で声を飛ばしているのだ。

「あのアレキサンドライト、もっと大きかったよね？」

ディアの言っていることは正しい、かなり大きなものを予算内で買えていた。宝石の加工を終えた段階ではもう一回り大きかった。

「首飾りにするには大きすぎたからカットしたんだ。あまり大きすぎると品がなくなる。母さんには、あれが一番よく似合う」

「その通りだけど、それを実行しちゃうってすごいね……私ならもったいなくて躊躇《ちゅうちょ》しちゃいそう」

貴族たちの中にも宝石は大きければ大きいほど良いという信仰は存在し、未《いま》だ主流だし、大きいほど指数関数的に高価になっていく。それを削って小さくするなど正気の沙汰ではない。

だが、その流行もゆっくりと変わりつつあった。

先進性があるものたちは、大きければいいという信仰を捨て、デザイン性、トータルバランスに目を向け始めている。

そして、母さんも常識ではなく、自分の美的感覚を信じるタイプ。

だからこそ、俺は俺の信じるもっとも美しいものを作った。

「どうですか、似合いますか？」

母さんが照れながら、俺を見る。

「思ったとおり、とっても似合うよ」

「嬉《うれ》しいです。ふふっ、キアンも感想を聞かせてください」

「美しい。……ただ、少し妬《や》けるね」

父さんが珍しく苦々しい顔をした。

母さんがきょとんとした顔をしているのを見て、父さんがその言葉の続きを語る。

「二つの嫉妬がある。私がさんざん勧めても結婚指輪以外の宝石類を受け取らなかったエスリが首飾りを受け取ったことに対するもの」

「あらあら、私ったら。ごめんなさい。ルーグちゃんの手作りの首飾りを断るわけにはいきませんでした。キアンのことを愛していないわけじゃないんです。それと、二つということは他にもあるんですか？」

「うむ。ルーグはときおり、エスリに贈り物をするが私はもらったことがなくてね。……少々、寂しく感じているのだよ」

言われてみれば。

母さんは割とあれがほしい、これがほしいと言ってくるから、プレゼントをすることがある。

この前もまたチョコを食べたいというから手配したし、その前は鹿料理が食べたいというから狩りをして獲物を手に入れた。

だが、父さんはそういうのを口にすることがなく、俺も何かをプレゼントした記憶がない。

「父さん、その、すまない。これなんかどうだ」

俺は内ポケットに入れているナイフを差し出す。

俺はナイフを数本持ち歩いている、とっさに投げるダガータイプ、不意打ちをするための靴や裾に仕込んだ暗器タイプ、メインウェポンのノーマルタイプ、その三種類。

ダガータイプは使い捨てのため魔法で簡単に生み出せるものを、暗器タイプのものは性能よりもいかにうまく隠すかを重視したものだ。

その点、メインウェポンに使うノーマルタイプは魔法で生み出したものをさらに加工して、十分な性能を持たせてある。

魔法で生み出せるものは、単一成形のみで構造も極めて単純。本気でいいものを作るなら、魔法で生み出したいくつもの金属を組み合わせなければならない。

ノーマルタイプは俺の主武装でもあり、それだけに技術の粋を尽くしていた。

これなら、父さんの眼鏡にもかなうはずだ。

父さんは微苦笑し、ナイフを受け取る。

性能だけを追い求めた結果、装飾などは一切なく貴族が扱うにはあまりに武骨。だが、父さんであればその価値が理解できる。

「ふむ、とても素晴らしいプレゼントだ。ありがとうルーグ。催促したようで悪いな」

「いえ、父さんにもいつか恩返しをしないといけないと考えていたので」

それは本当だ。

父の教えがあったからこそ今の俺がいる。

トウアハーデに、いや、この父と母のもとに生まれたことが俺の人生で最大の幸運だ。

「では、遠慮なくいただこう。返礼の品も用意しておく」

父さんはそう言ったが、今のニュアンスからしてそれはあらかじめ準備をしていたものだろう。

そして、それを渡すタイミングをうかがっており、今回の件でその口実ができたと父さんは思っている。

「ふふふ、最高の息子をもって幸せですね」

「そうだな。本当にルーグはいい子に育ってくれた」

両親が微笑《ほほえ》み、酒を注いで乾杯する。

少々、照れくさい。

「でも、ルーグちゃんに一つだけ言っておかないといけないことがあります。こういうプレゼントをするなら、私よりもディアちゃんとタルトちゃんを優先するべきですよ。女の子はたとえ相手が母親でも嫉妬しちゃうものです」

めっと口で言って指を突き付けてくる。

母さんの年齢でその仕草が似合ってしまうのが怖い。

「それなら心配ない。ちゃんと考えてあるよ。ディアとタルト……それから、前に話したマーハのために婚約指輪を用意してある」

「あらあら、なら、すぐにプレゼントしてあげないと」

「わかっているよ。だけど、三人と婚約する以上、同時にプレゼントしたい。そこでだ。来週なら、マーハが来られる。うちで、婚約記念のパーティをしようと思う。それから、貴族ルーグ・トウアハーデとして婚約したことをしっかりと周知したいんだ」

貴族の婚約には特別な意味がある。

今まではディアとタルト、マーハには口頭で、そういう関係であることを伝えてきた。

普通ならそれだけでいいが、貴族となるとそれを周知する義務があり、それをしない限り、婚約したことにはならない。

そして、一度周知をすればもう後戻りはできない。

婚約取り消しになろうものなら、笑いものだ。

「私はいいです。あとは……」

母さんが父さんの顔を見た。

トウアハーデ家長の判断は絶対。

それに逆らうのであれば、トウアハーデから出奔しなければならない。

普通の貴族であれば、ディアたちと婚約することはありえない。

この婚姻に政治的なメリットがろくにないからだ。

とくにトウアハーデの場合、医術の名門というブランドがあり、今の俺には聖騎士という肩書きと魔族を倒した実績がある。望みさえすれば、いくらでも上位貴族との繋《つな》がりを作れる。

「わかった。そのように手配しよう。ルーグが自らの意思で、そう決めたのであれば私は反対しないよ」

「ありがとうございます。父さん」

「それで、結婚はいつにするつもりだね？」

「学園を卒業し、そこから一年ほど様子を見てからにしたいと考えております」

俺はそれまでに、この世界を救ってみせる。

その覚悟をもって口にした。

俺たちが結ばれるのはその後だ。

「よろしい。……子供というのは、あっという間に大人になるものだな。あのルーグがこのようなことを言い出すとは。マーハという娘が来る日が決まれば伝えなさい。他のどんな用事よりも優先しよう」

「かしこまりました」

これで、家のほうはクリア。

そういえば、さっきからディアとタルトが大人しいな。

二人にもかかわることだから、何かしら反応があると思ったが……。

「ううう っ、そんな、いきなりすぎるよ」

「はわわわわ、たっ、たいへんですぅ」

二人とも真っ赤になってフリーズしていた。

ちゃんと事前に話しておいたほうが良かったな。

なにはともあれ、婚約パーティを行う。

付き合いのある貴族に声をかけつつ、盛大にやるべきなのだが、父さんも母さんも、ディアたちもそういうのはあまり好きじゃない。
だから、家族だけで、でも心がこもった楽しいパーティにしよう。
そして、丹誠込めて作った指輪を彼女たちに渡すのだ。

Episode7

第七話　暗殺者はパーティを開く

The world's best assassin, to reincarnate in a different world aristocrat

婚約をすると宣言し、各所へ連絡をしてから数日が経過した。

馬車が屋敷の前に到着し、荷物と手紙を受け取る。

素早く検品していく。

中身は食料品がほとんどだ。

明日行われる婚約パーティは盛大にやるつもりで、金に糸目をつけずにいいものを仕入れた。

特に目を引くのは巨大なエビだろう。

エビは極めて腐りやすく、トウアハーデのような内陸部ではなかなかお目にかかれない。

今回は魔力持ちを雇い、獲《と》れたての生きたエビを海水ごと凍らせ、おがくずと木箱に詰め、輸送中も定期的に冷やしてもらった。

　このやり方なら、解凍法に気を付ければ海から遠く離れたトウアハーデでも獲れたてと遜色ない味が楽しめる。

魔力持ちを数日雇ったため、非常に高くついた。

それでも、エビはディアの好物であり、無茶《むちゃ》するだけの価値がある。

(うん、最高の食材ばかりだな)

荷物を受け取ったついでに、こちらからの手紙も出しておく。

フラントルード伯爵宛ての手紙だ。

フラントルード伯爵は、俺を冤罪《えんざい》にかけて破滅させようとした貴族に加担し、偽の証言をしようとしていた男。

裁判に協力させるため、女装しルーという別人に成りすまして彼を誘惑した。

いわゆる、色仕掛け。暗殺者としてはそれなりにメジャーな手管だ。

用済みになったフラントルード伯爵はさっさと暗殺してしまうのが一番楽ではある。

だが、無駄な殺しはしないと決めているし、彼は献身的に働いてくれたので、平和的に解決することを選んだ。

だからこそ、いろいろと手間暇かけて穏便に済ませようとした。

距離を置き、手紙のやり取りですれ違いを幾度と起こし、恋が冷めるよう仕向け、二人の関係を自然消滅させる。

明確な拒絶より、なんとなく合わないという実感、そちらのほうがよほど恋が冷める原因となりやすい。

（だというのに……）

手紙を見て、がっくりとしてしまう。

何度か手紙のやり取りをしているが、フラントルード伯爵の手紙に込められた情熱は衰えない。

どんな言葉も都合のいいように脳内変換して、日増しにルーへの想《おも》いが強くなっていくばかり。

あいつのことを甘く見ていた。

フラントルード伯爵は特別愛情深い人間……というわけではない。彼が俺の想像以上に馬鹿だった。

理想のルーだけを見ているからこそ、手紙のやり取りで起きているすれ違いに気づきすらしていない。彼が見ているのはルーではなく、自分の頭の中にしかいない理想の女性だ。

「これはまずいな」

荒療治が必要となるかもしれない。もう二度とルーの姿になるのはごめんだったが、そうも言っていられない。

最悪、俺が名前と身分を借りた令嬢のところに奴《やつ》が押しかけることだって考えられるのだ。そうなれば、色々と嘘《うそ》がばれてしまい、面倒なことになってしまう。

そうなるぐらいなら、再びルーに戻って馬鹿に現実を見せてやったほうがマシだ。

「うん？　なんだ、この荷物は」

届けられた荷物を調べていると、珍しくタルトとディア宛ての荷物があった。差出人はマーハ。

包装されており、けっこう大きい。重さからして服か？

中を開こうか悩んでいると、足音が聞こえて、そちらを向く。

父さんの訓練を受けているはずのタルトが息を切らして走ってきた。

そして、俺から荷物をひったくり、胸に抱き寄せる。

「……中を見ました？」

「いや、見てはいないが」

「良かったぁ。ぎりぎりセーフです」

タルトは訓練着のままだ。

馬車の到着に気付いて、慌ててここまで来たのだろう。

それが何かは気になるが、あえて聞きはしない。

聞いて教えてくれるぐらいなら、こんな乱暴なことはしないだろう。

というか、訓練の途中に抜け出すなんて、厳格な父さんがよく許したものだ。

「父さんとの訓練はどうだった？」

気にしないふうを装うために、あえて話題を変える。

「とても勉強になります。ルーグ様の暗殺術《やりかた》と似てるけど、ちょっと違って、面白いです。新しい技も教えてもらいました！」

タルトの教育は俺が行っているが、今日は特別だ。

トウアハーデ流の花嫁修業だ。母さんが昔愚痴っていたのを思い出す。嫁いできたばかりのころはその洗礼を受け、死ぬほど大変だったとこぼしていた。

暗殺者にとって身内というのは最大の弱点になりえる。ならばこそ、トウアハーデに嫁ぐものは最低限の護身術を身に付けておくという考え方。

……もっとも、その最低限のハードルが凄まじく高いのだが。

「そっか、その技をあとで俺にも教えてくれ」

「任せてください！　それと、その後ろにあるのってパーティ用の食材ですか？　うわ、すごい。大きなエビ！　トウアハーデで海の幸を食べられるなんて思ってませんでした！」

「パーティはいろいろと面白いものを作ろうと思ってな」

「私が手伝ったら駄目なんですよね」

「今回は俺一人でやる。みんなを驚かせたいからな」

ちょっとした悪戯《いたずら》をする。

今まであえてやらなかったことだ。

「楽しみにしておきますね」

「あっさりと引き下がるんだな」

「今回は私達だって、サプラ……ごほんっ、ごほん。あの、えっと、そろそろ訓練に戻ります。それではまたあとで！」

来たときと同じような勢いでタルトが戻っていく。

荷物を持ったまま。

いつまで経《た》っても、そそっかしいところは直らない。

◇

自室に戻り、荷物と一緒に届いた、俺宛ての手紙を読む。

手紙は四通あった。

一つ目はマーハからのオルナに関する報告書。先月の経営状況と事業計画の進捗が簡潔にまとめられている。

魔物の増加で、流通の滞りと景気の悪化が起こり、多くの商会が赤字を出している。そんななかでオルナはきっちりと前年比でプラスを出していた。

とは言っても、化粧品の売り上げはオルナが始まって以来のマイナス成長。こういうジャンルの商品は不景気になれば真っ先に切られてしまうのは仕方がない。まだ黒字ではあるが楽観はできない数字だ。

化粧品の売り上げ低下を補ったのは軍向けに用意した新商品。

現場で極めて好評らしく、大量かつ長期的な取引になりそうだ。そうなればオルナは安泰になる。

(勝算はあった……だが、ここまでとはな)

オルナが軍向けに出したのは栄養ドリンク。簡単に言えば、糖分とカフェイン、ビタミンをぶち込んだもの。

転生前の世界で売られている栄養ドリンクの主成分もこれで、他はおまけ。相応の効果があり、一時的にだが疲労が吹き飛ぶ。こちらの世界ではそういったものの前例がなく、凄《すさ》まじい反響があった。

(二つ目は、学園からか)

ついに改修が終わったらしく、再来週から学園が再開されるそうだ。

それ自体は喜ばしいことだが、鬱陶《うっとう》しいことが一つある。

今回の地中竜魔族退治の功績を称《たた》える式典を学園で開くようだ。

理由はわかる。学園が魔族に因って壊滅させられ、学園は危険だというイメージが植え付けられてしまった。

そのイメージを拭わなければならない。だからこそ、魔族討伐の宴を学園で華々しく行うと同時に、俺がいるから安心だという印象を内外に植え付ける。

「それぐらいは我慢しようか。学園自体は嫌いじゃないし」

ディアとタルトの制服姿が見られるのもいい。

そして、三つ目の手紙は……。

「ネヴァンか、思ったより早かったな」

手紙の差出人は、ネヴァン・ローマルング。四大公爵家の令嬢にして、俺を欲しがっている女。

先日、父に頼んで俺とディアたちの婚約を周知してもらった。

貴族が婚約する場合、属する地域の顔役に決められた書式でその旨を伝える。

すると顔役が自らが取りまとめている下級貴族たちと中央にその伝達をし、その時点で貴族社会に情報が浸透する。

報告は貴族の義務であり、これをしないと正式に婚約したことにはならない。

この地域の顔役はアイラルッシュ辺境伯であり、そのさらに上に位置するのはローマルング公爵家。

ネヴァンの耳に入るのも時間の問題だった。

彼女に婚約の邪魔をする気はないらしい。

むしろ、結婚に前向きな姿勢が見られて、同性愛者ではないとわかり安心したと書かれているし、祝いの言葉もある。

最後に、三人も四人も一緒と書かれているあたりが怖いが、当面は大丈夫だろう。

そして、四つ目の手紙。

「うっとうしいが……こういうのは来るだろうな」

顔役である、アイラルッシュ辺境伯からの手紙だ。

簡単に言うと、自分を含めたこのあたり一帯の貴族と中央のお偉い貴族を集めて婚約パーティを開けというものだ。忠告だと書いてあるが、ほとんど命令しているようなもの。

父さん宛ての手紙もあったが、そこにも同じことを書いているだろう。

婚約をする際のルールとしては顔役に報告をするだけでいい。それで婚約は成立する。

しかし、貴族としての一般常識を鑑みると、跡取りが結婚した場合、彼が言う通り、親交のある貴族を集めてパーティを開くものだ。

俺は返事の手紙を書く。

きっぱりと断る旨をだ。

俺だって常識はわきまえている。

だが、大して親しくもない貴族たちを集めてのパーティなんてごめんだ。

疲れるだけだし、ディアたちが何も知らない連中に下世話な目で値踏みされるのは我慢ならない。

第一、アイラルッシュ辺境伯の魂胆も目に見えている。

聖騎士に任命された俺が婚約パーティを開けば、中央の有力貴族たちが集まるため、中央へのパイプを繋ぐ絶好の機会となる。

さらに言えば、重箱の隅をつつくように、文句を言いまくって馬鹿にして、下級貴族のくせに目立っているトウアハーデにお灸《きゆう》を据えたいというのもあるだろう。

そんなものに付き合っていられるか。

貴族社会の出世レースや権力競争は好きな奴らで勝手にやればいい。

手紙を書き終えて、使用人にその手紙を出しておくよう伝える。

「これでよしと。そろそろ、料理の下ごしらえをするか」

明日はマーハを迎えに行かなければならない。

今日のうちにできる仕込みは全部終わらせておこう。

◇

翌日、飛行機を使いマーハを迎えに行ってきた。

着陸して、マーハを降ろすと青い顔をして、マーハが膝をつく。

口を押さえて吐き気をこらえているようだ。

　タルトやディアは一度目の飛行でもさほど苦労せず適応したが、それは彼女たちが異常なだけで、普通はこうなる。

「大丈夫か？」

「……かなりきついけど問題ないわ。ルーグ兄さんから聞いてはいたけど、飛行機の性能は想像以上ね。量産されたら物流業界に革命が起こるわ。今まで、馬車で何日もかけて商談に出かけていたのが馬鹿らしくなったもの」

「量産は難しいだろうな。風に乗るだけならまだしも、こうして街から街への飛行となれば、相応の魔力量と魔力制御がいる」

「それはわかっているけど、どうしてもほしいわ。通信網を公にできれば一番いいけど、そういうわけにはいかないし……」

　通信網が一般的になれば、そもそも他所の街に直接出向く必要がない。

　だが、あれは機密中の機密。あれの価値はこの世界では計り知れず、あれを手に入れるためなら、戦争の一つや二つ起こすような国が両手の指では足りないぐらいに思いつく。

　だからこそ、商売ではいちいち高い護衛をつけて、のろのろとした馬車で数日、下手をすればひと月もかけて商談に出向く。

「飛行機を欲しがるマーハの気持ちはわかる。飛行機があれば、何日もかかる旅路が数時間で済む。そうすれば、スケジュールに余裕が生まれるだろうしな」

「ええ、そうよ。移動時間なんて無駄のせいで、商売にとても大きな枷《かせ》がかかっているもの」

忙しい経営者にとって、時間は何よりも貴重だ。

年中、取引で世界を駆け回るマーハならなおのことだ。

問題は、マーハの魔力量が並以下だというところ。魔力制御はタルト以上と、俺が知るなかでもかなり上位の才能を持つのだが……ある意味、とてもマーハらしいと言える。

「少し考えてみるか。ファール石を取り付けて充電式にする。あとは術式を刻んで、自動で風を起こす魔術を発動できるようにすればマーハでも動かせる飛行機が造れる。試しに作ってみよう」

神器を解析して、物質に術式を刻む手法は編み出したが、今回はかなり緻密な制御が必要な術式。かなり骨が折れそうだ。

それでも、マーハのためなら、それぐらいはしてみせよう。

マーハは、その何倍も俺のためにがんばってくれているのだから。

「嬉《うれ》しい。楽しみにしているわ！」

マーハが微笑む。

この笑顔が見られただけでも、がんばる価値があるというものだ。

◇

それから、パーティが開かれるまでに料理を仕上げて、会場となるパーティルームへ運ぶ。

めったに使わないが、トウアハーデにもそういう部屋はある。

時間がくるまで誰一人、ここには入らないように言いつけてあった。

こちらに着いたばかりのマーハも、タルトの部屋でパーティの始まりを待ってくれている。

「なんとか約束の時間までに設営が終わったな」

俺はパーティ会場を見渡す。

満足の行く出来だ。

装飾は俺好み、料理はバイキング形式にした。

料理を大皿に盛り付け、温かい料理は大皿ごと湯煎することで冷めないように工夫している。

ホテルなどで取り入れられる方式。直接火にくべないから焦げ付いたり、煮詰まったりしない。動力は熱を発生させるファール石で、湯の中に沈めていた。

逆に冷たい料理は氷で冷やしてある。

並べられている料理のうち、半分は我が家の味と呼べる家庭料理。クリームシチューやキジのロースト、ディアの好物のグラタン、ルナンマスの塩焼き、トウアハーデ領でとれた野菜のサラダ、大豆パンなどなど。

そして、もう半分は贅沢《ぜいたく》かつ変わったメニューを揃《そろ》えた。

例えばうなぎの蒲焼《かばや》き。トウアハーデにうなぎはいないが、南のほうの街では盛んに食べられている。

生きたままのうなぎを仕入れ、醤油《しょうゆ》の代わりに魚醤を使い、甘みはハチミツとワイン、さらにはバターでコクを加えたソースを塗り炭火で焼いた。洋風蒲焼きというべき代物だが、このほうがみんなの口に合う。うなぎは煮込みにするのがこちらの常識。蒲焼きを食べれば驚くだろう。

肉の料理には王都で人気のある食べるためだけに育てられた高級な牛肉を使い二品作った。

一品目は低温調理を駆使して作った最上のローストビーフ。

二品目は頬肉《ほほにく》とテール肉というゼラチン質たっぷりの部位を使い、特製デミグラスで煮込んだとろとろのビーフシチュー。

どちらも自信作だ。

海の幸は、苦心して運んだロブスター。こちらも二種。一つはカルパッチョ、もう一つはレアに仕上げて限界まで海老《えび》の甘みを引き出したエビフライを用意してある。

そして、デザートにはチョコをふんだんに使って仕上げた、チョコレートケーキの王様と呼ばれる俺のお気に入りケーキを作った。

これらは前世の知識を駆使して作った、こちらでは誰も食べたことがないご馳走《ちそう》たちだ。

俺も両親も普段は贅沢をしない。

だけど、贅沢が嫌いなわけじゃない。

こういうときぐらいは羽目を外すし、そういった贅沢な味に疲れたら落ち着けるよう、家庭料理も用意した。

常々思うのだが、パーティで食事は大事だ。

うまいものを食べているとそれだけで気分が盛り上がり、他のことも全部楽しくなる。

だからこそ、ここに全力投球してある。

「そろそろ時間か」

時計を見ると、パーティの始まりの時間になっていた。

さきに父さんと母さんがやってくる。

二人共、余所行きのお洒落《しゃれ》をしており、母さんの首元には俺がプレゼントしたアレキサンドライトの首飾りがあり、よく似合っている。

母さんを褒めると照れくさそうにはにかんだ。

そして、俺の婚約者になる三人がやってくる。

「綺麗《きれい》だ」

一瞬、見惚《みと》れてしまった。

三人が三人とも、見たことがないドレスを身にまとっていた。

なるほど、マーハがディアとタルトに贈ったのはドレスだったのか。タルトが必死に隠したわけだ。

「ふふんっ、いつもルーグにはサプライズを仕掛けられてばっかりだから、今回は私たちから仕掛けたんだよ」

「あの、似合いますか？」

「ルーグ兄さんは幸せものね。こんな美少女三人と婚約できて」

俺は微笑する。

たしかにそうだ。

三人が三人とも美しい。

きっとマーハが見立てたのだろう、三人ともそれぞれの魅力を引き出すドレスを纏《まと》っている。

今の三人が、俺の作った指輪を身に着ける姿を一秒でも早く見たい。

「……これは一本取られたな。さあ、三人とも中央へ。パーティを始めよう。俺たちの婚約祝いだ」

美しい婚約者たちと、優しい両親、それにご馳走たち。

今日はきっと、最高の一日になる。

ワインを開けて、乾杯の準備が出来た。

さあ、パーティを始めようか。

Episode8

第八話　暗殺者は誓う

The world's best assassin, to reincarnate in a different world aristocrat

いよいよ婚約パーティが始まる。

話しやすいようにあえて立食形式にし、立って使える小さなバーテーブルを三つほど部屋の中央に配置した。

そして、料理の数々は壁際に置いてある。

好きな料理を取ってきて、思い思いの相手とバーテーブルで会話をしながら食べるという趣向。

「みんな、最初に好きな料理をとってきてくれ。乾杯はそれからだ」

「へえ、いろんな料理があって目移りするね。あっ、グラタン。これ、蟹《かに》の甲羅に入ってるんだ。可愛《かわい》い。ルーグ、私の好物、用意してくれてありがとね！」

グラタンを取り分けると、どうしても見た目がぐちゃぐちゃして汚らしく見える。

それが嫌だったので、小さな蟹の甲羅に詰めてから甲羅ごとオーブンで焼いた。

もちろん、蟹の身は具材にして、蟹みそはソースに加え、極上の蟹グラタンに仕上げており、見た目と味の両立をさせている。

「どれも美味しそうで迷っちゃいます」

「ルーグ兄さんの料理は久しぶりね。私にとって最高のご馳走よ」

「キアン、とっても美味しそうですよ」

「そうだね。私たちももらうとしよう」

たった六人なのにこういう形式のパーティにしたのは、両親が俺の婚約者となった三人と一人一人じっくり話したいと言ったからだ。

着席してのパーティだと、席替えを頻繁にすることになり、楽しめない。

ディアは前からマーハと二人きりで話したいと言っていたし、タルトとマーハは以前からとても仲が良くつもる話もあるだろう。

『それにしても本当に綺麗だ』

ディアたちを改めて眺める。

マーハが用意したドレスは、どれも似合っている。

ディアのドレスは白をメインにして要所要所にフリルをあしらっている。可憐《かれん》で妖精のようだ。

タルトのドレスは胸元が大胆に開いた梔子《くちなし》色のふんわりしたドレス。赤みを含んだ黄色はタルトの暖かなイメージとぴったり。そして、エロい。

マーハは紫の大人びたドレスで、全体的にすっきりとしたもの。足にスリットが入っており、綺麗でかっこよく、妖艶さを感じさせる。

そのどれもが一流の職人が最高の材料で作った最先端のもの。

よく、この短期間で用意できたものだ。

「みんな料理は取ってきたようだな。乾杯の前に軽く挨拶をさせてくれ。まず、ディア、タルト、マーハ、俺を好きになってくれてありがとう。みんな、美人で可愛らしくて才能がある。男なんてよりどりみどりなのに、俺を選んでくれてうれしいよ。俺を選んだことは間違いじゃない。それをこれから、一緒に歩む生活の中で証明していきたい」

俺は、謙遜がきらいだ。

『こんな俺を』『俺なんか』『駄目な俺に』

そういうセリフは定番だが、それは俺を選んでくれた彼女たちに見る目がないと言っているようなもの。絶対に口にしない。

だから、俺は俺を選んだのは間違いじゃないと言い切った。

ハードルを上げている自覚はある。だが、それを成し遂げられないような男なら、彼女たちと結ばれる資格はない。

「俺がみんなを幸せにしてみせる。だけど、一つだけ頼みがある。みんなも俺を幸せにしてくれ。お互いが、お互いを幸せにしようと努力すれば、俺一人ががんばるより、もっといい未来ができる。……父さんと母さんのようにな。俺は、両親のような温かい家庭を築きたい」

転生前の俺は、ただの殺しをするための道具だった。

かつての俺は命の尊さ、温《ぬく》もり、そういうものは知識としてしか知らず。

愛と恋にいたっては、殺しを円滑にするための演目の一つにすぎないと思っていた。数えきれないほどの数、数えきれないほどの相手に、愛してると囁《ささや》き体を重ねたが、そのどれも空っぽ。

愛と恋が知識ではなく実感になったのは、トウアハーデに生まれ、両親が愛情を注いでくれたからだ。

両親が俺を道具から人間に変えてくれた。

そのことに感謝すると同時に、憧れている。

「もちろんだよ。幸せにされるだけなんてごめんだからね」

「私はルーグ様のものです。ルーグ様のために生きるのは、今までもこれからも変わりません！」

「私もタルトと同じ気持ち。でも、これからは少しだけ我慢をやめるとだけ言っておくわ」

いい返事だ。

胸が熱くなる。きっと、こういう場で不安を感じずわくわくできるのは、彼女たちが俺にとって最高のパートナーだからだろう。

「俺からの挨拶は以上だ。乾杯に移ろう」

それぞれがグラスをかかげる。

グラスの中に入っている酒は、トウアハーデで作られている地酒。メープルシロップを使ったものだ。

メープルシロップというのは、冬のごく短い期間しか採取できず、一本の木から採れる量もさほど多くない。

うちの領地で消費し尽くしてしまう、この地に住まうものだけが味わえる贅沢《ぜいたく》。

だからこそ、婚約パーティで乾杯をする際にこの酒を選んだ。

「乾杯」

グラスをぶつけ合う。

みんな笑っている。

さあ、パーティの始まりだ。

◇

パーティが始まった。

さっそく両親は一人一人呼び出して、面談のようなものを始めている。

最初に両親と話しているのはマーハだ。

そのため、俺とディアとタルトのテーブル、両親とマーハのテーブルに分かれる。

「うふふっ、じゃあ、さっそくルーグが私のために作ってくれたグラタンから食べちゃうね」

「ディアはいつもそうだよな」

「私からしたら、ルーグみたいに最後にとっておくほうがわからないよ。お腹《なか》が空《す》いてるときに食べるのが一番美味しいのに。うわぁ、この蟹グラタン、おいしっ！」

このあたりは価値観の違いだ。俺は最後の最後に、一番好きなもので締めたい。

「あの、このふっくらしたお魚なんですか⁉　こんな美味しいお魚初めてです」

「うなぎだ。うなぎはこうして食べるのが一番うまい」

料理は好評で、場が盛り上がる。

二人ともいつも以上に食べている。

横目でマーハを見ると、初対面なのに両親と楽しそうに話していた。

マーハの社交スキルは凄《すさ》まじい。

オルナの代表代理として魑魅魍魎《ちみもうりょう》が跋扈《ばっこ》する社交界に出ているのは伊達じゃない。

「マーハって綺麗だよね」

「羨ましいです。とても大人で、同い年だとは思えません」

マーハは容姿も、立ち振る舞いも、話し方も何もかもが美しい。

生まれ持ってのものもあるが、後天的な努力が大きい。

この国では十四で成人するが、それでも普通なら子供っぽさが仕草に残るものだが、マーハにはそれがない。それもまた、彼女の武器となっている。

「ディアとタルトだって、あそこまでじゃないが余所行《よそゆ》きのときはそれなりに大人びた振る舞いができている。たまに素が出るのは問題だが……普段から徹底しているかどうかの違いだろうな」

二人の容姿は抜群。あとはそれをどう生かすかだが、ディアの場合はヴィコーネ伯爵家の令嬢として徹底的に礼儀作法を叩《たた》き込まれているし、タルトも俺が貴族の専属使用人としてどこに出しても恥ずかしくないように仕込んだ。それでも、詰めが甘い。

「どうしても、そういう場じゃないと力が抜けちゃうのよ」

「私もです。マーハちゃんみたいに、二十四時間あれを続けるって、才能だと思います」

たしかにそうだな。

……とはいえ、そんなマーハも俺と二人きりのときだけは、ただの少女に戻ることがあるのだが、それは秘密にしておこう。

そのマーハが戻ってくる。

代わりに、今度はディアが向こうへ行った。

「おかえり、父さんたちは何か言っていたか？」

「ルーグ兄さんのことをよろしく頼むって言われたわ」

「ちゃんと認められたわけか」

「初めから認めてくれていたわよ。ルーグ兄さんが選んだ女性なら間違いないって。ただ、ご両親は安心したかっただけよ。だから、包み隠さず私がどういう人間かを伝えたわ」

俺はよほど信頼されているらしい。

「それは良かった」

「ええ、私もいい人そうで安心したわ。うまくやっていける気がするの。ただ、一つだけ問題があって、私はオルナを守りたい。でも、お義父《とう》さんたちは、トウアハーデから離れられない……同居が難しいの」

それはそうだろうな。

俺たちはトウアハーデの領地を捨てられない。

そして、マーハはオルナを捨てられない。

オルナは国中、いや世界中相手に商売をしているが、やはり中心となるのはムルテウの本店。ムルテウは国内最大の港街であり、情報と物流の中心。そこから離れるのは、商人としては致命的だ。

「なるべく、会いに行くようにするよ。今度、父さんたちを連れて観光に行こうか？」

「……今まではそれで我慢できたけど、一緒になっても別居というのは寂しいわ。だからね、いい案を思いついたの」

「嫌な予感しかしないんだが」

「オルナの本店をこちらに移すわ」

「こんな田舎に本店を置いてどうする？」

「トウアハーデを発展させるの、ムルテウ以上に。そしたら、オルナの本店があってもおかしくないでしょ？」

とんでもないことを言っている。

ムルテウが発展しているのは、地の利があるのも大きい。国の中心に位置し、どこからでも足を運びやすい。近隣の街道もしっかりと整備されている。加えて国内最大の港があり、荷物の運搬が極めて楽。ならばこそ、情報と物流の中心になりえる。

逆にトウアハーデはアルヴァン王国の最西端に位置し、海どころか船が通れる大きな川もなく、それどころか陸路でも山越えを強いられるため流通面で極めて不利。

「トウアハーデが商業都市として発展するというのは現実的ではないだろう」

「わかっているわ。それでも、それを可能にする計画があるの。楽しみにしておいて。たぶん、十年以上はかかるけど」

「今はまだ秘密というわけか」

「ええ、そっちのほうが楽しいもの」

まあ、マーハなら悪いようにはしないか。

俺が望んでいない方向にトウアハーデを変えることはない。

そんな話をしていると、ディアが両親と話を終えて、戻って……は来ないで追加の料理を取ってきた。

今度は、ロブスターを使ったエビフライ。

母さんに手招きされてタルトがそっちに向かい、ディアが戻ってきた。

「うわっ、ぷりっぷりで甘いよ。それに、この酸味があるソースが絶品だね。ううう、幸せ」

「……それでどうだった？」

「美味しいよ」

「二人の話のほうだ」

「そんなに変な話はしてないよ。なるべく早く子供を作りたいって盛り上がったり、私が正妻だけど、トウアハーデを継ぐのは一番優秀な子にする、私の子が選ばれなくても恨まないとか、そういう当たり前の話をしただけ」

「割と重い話だと思うが」

この辺りをさらっと流す辺り、ディアは生粋の貴族だ。

「一番優秀な子が継ぐのは当然だし、たぶん私の子が一番いい子になると思うよ。ヴィコーネの家の女性は強い子を生むから期待してて。ルーグのお嫁さんとしてがんばるからね！」

それはオカルトではなく事実だ。だからこそ、ヴィコーネの女である母さんから、俺というトウアハーデの最高傑作が生まれ、ディアは大貴族に狙われて攫《さら》われかけた。

俺がルーグ・トウアハーデとして生まれたのは、女神が選んだ人類最高の才能を持つ子供だからであり女神のお墨付き。数百年前から、人類の品種改良を行っているローマルング家の子を凌駕《りょうが》する子供が生まれるのは異常とも言える。

それを可能にしたのがヴィコーネの血。

母さんもディアのように大貴族に狙われたらしい。それを誘拐同然に連れ去ったのが父さんだ。そのときの話を聞いたが、今の父さんからは想像もつかないほど、熱く、向こう見ずで、そういう一面があったのかと驚いたものだ。

「あまり気負わなくてもいいさ、元気にしてくれればそれでいい」

別に子供が優秀であろうと、そうでなかろうと、大事にしたいと思う。

「優秀じゃなくても愛せるけど、優秀なほうが安全だよ。貴族って生きてるだけで大変だからね。子供のためにも、ちゃんと強く育てないと。厳しく教育するよ！」

「ほどほどにな」

「うーん、たぶん、ルーグのほうがずっと無茶《むちゃ》すると思うけどね。訓練のときのルーグって鬼だから」

「別に厳しくしているわけじゃないが」

ただ単に、ディアやタルトの肉体を分析し、最大限の効率で許容範囲ぎりぎりまで追い込んでいるだけだ。

無茶はさせない。

「うん、ルーグはそれでいいと思うよ。あっ、タルトが帰ってきた」

タルトが戻ってくる。

「大丈夫だったか？」

「はっ、はい。その、貴族の妻になるにあたって色々とアドバイスを貰《もら》いました。社交界に行けば平民出だってことで色々言われるから覚悟するようにとか、そういうのです。参考になります」

許す許さないじゃなくて、これからの助言をしていたのか。

タルトとは家族同然で何年も暮らしてきた。父も母も今更、彼女を試すことはないのだろう。

「あと、それから、ルーグ様は押しが弱い草食系で、その、私がリードしたほうがいいそうです。今度、ルーグ様をその気にさせる、すごいやり方を、お義母様が教えてくれるって」

最後のほうは真っ赤になっていた。

……まったく母さんは。

「……あんまり気にするなよ」

「はいっ、その、がんばります！」

めちゃくちゃ気にしている。

しばらくタルトには注意しておこう。

彼女に襲われること自体は嫌ではないが、俺にもプライドというものがある。

そして、今度は俺が呼ばれた。

いったい、両親は俺に何を話すつもりだろうか？

◇

両親のいるパーテーブルに移る。

両親ともに真剣な顔をしている。父さんはともかく、母さんがこんな顔をするのは珍しい。

「ルーグの婚約者は、みな素晴らしい女性ばかりだ。ルーグには女性を見る目もあったようだ」

「よくやりました！　あんなにいい子たちが娘になるなんて最高です」

　ぐっと母さんがサムズアップする。

「ああ、みんないい子だ」

「だが、三人も妻にするといろいろと苦労する。私なんてエスリ一人ですら、手を焼いてきた」

「それ、どういう意味ですか？」

　母さんは笑っているが、目が笑っていない。

「ごほんっ、まあ、いろいろと大変なのだよ」

「わかっております。全員幸せにするという覚悟を持って決めました。どれだけ大変でも、彼女たちが他の男に取られるよりずっといい」

　最初から全員と婚約する気だったわけじゃない。

　いつか誰かを選ぶつもりだったし、彼女たちが他の男を選んでも応援しようと思っていた。

　でも、ディアやタルトと結ばれた後だったのに、マーハがプロポーズされた際、彼女が奪われることに、どうしようもないほどの寂しさと恐怖と怒りを覚えた。

そのとき、俺は決めてしまった。

誰も手放さない。彼女たちを全員幸せにする。

そうして得られる幸せは、どんな苦労にも見合うものだと確信した。

そして、俺のそのわがままを押し通すのなら、世界中のどんな男より彼女たちを幸せにしないといけないと覚悟をしたのだ。

「器が大きいのはいいことだ。しかし、言ったからには必ずやり遂げてみせろ」

「もちろんです。俺なら、それができる。それができるぐらいに強く育ててもらいましたから」

「ううぅっ、ルーグちゃん、立派になって。あと、お母さんは早急に孫の顔が見たいので、そっちもがんばってください！」

「それは少し待ってほしい」

そっちは世界を救ったあとだ。

彼女たちは恋人であると同時に、大事な戦力でもある。

「いけず」

母さんがジト目で見ているが。さすがにこればかりは折れない。

それから、これからの事を話した。

父も母も笑っている。そして、隣のテーブルで、俺を抜いた三人で話しているディアたちも楽しそうだ。

これならきっとうまくやっていける。

みんな、いい人だ。

この幸せを守れるよう、がんばっていこう。

そんな覚悟と共に婚約パーティは夜遅くまで続いた。

Episode9

第九話　暗殺者は依頼される

The world's best assassin, to reincarnate in a different world aristocrat

婚約パーティは無事終わった。

両親にもディアたちにも喜んでもらえてがんばった甲斐《かい》があったというもの。

パーティの最後には、彼女たちのために作った婚約指輪を渡し、とっておきのチョコレートケーキをみんなで食べた。

前世ではチョコレートケーキの王様と呼ばれたザッハトルテ。レシピを巡って裁判まで起こったその味にみんな酔いしれ、マーハなどは完全に商売人の顔になっていたのが面白かった。

そして……。

◇

夜が明けると同時にマーハを送っていくことになった。

母さんがマーハの手を握って、別れの言葉を言っていた。

「マーハちゃん、もっとゆっくりしていけたらいいのに」

「私もそうしたいわ。でも、仕事があるの。ルーグ兄さんから預けられたオルナをないがしろにはできないわ」

マーハが少しだけさびしげな顔をする。

「また、会いに行く」

「ええ、待っているわ。この指輪があればがんばれる気がするの」

マーハの指にはサファイアの指輪が青く輝いていた。

「そのときは私も行くよ。もう少し、マーハと話をしたかったし」

「うれしいわ。私もディアともっと話をしたいと思っていたところよ」

たった一日でディアとマーハは仲良くなっていた。

マーハがディア様でなくディアと呼んでいるのがその証拠だろう。

話が合うようで、昨日は二人で盛り上がっていた。

趣味も性格も違う二人が、こんなにも相性がいいのは意外だった。

……いや、意外でもないか。魔術士と商人。道は違ってもそれぞれの分野でプロフェッショナル。通じ合うものがあるのだろう。

「じゃあ、行ってくる」

「気をつけてください」

「お土産、期待しているね」

そうして、俺は飛行機を取り出し、飛び立った。

◇

あれからしばらく経《た》った。

色々と面倒なことが起こっている。

俺の婚約が周知されたことに対して思ったより反響があった。

とくに王家から直々に祝いの品が届いたことで、この辺り一帯の貴族は目の色を変えた。前から、魔族を殺して英雄になったことで王家の覚えがめでたいと思われていたが、今回のが決定的だった。

どうにかトウアハーデにすり寄ろうとみんな必死だ。父も、一週間で友達と親戚を名乗る連中が十倍に増えたと苦笑いするほどだ。

アルヴァン王国では、貴族の権力が強いとはいえ、未《いま》だに王族の威光は存在する。

その後、四大公爵家のうち、二つからも同じように祝いの品が届いたことで、さらに話は大きくなる。

そして、今までも多かった婚約の話が、さらに凄《すさ》まじい数舞い込んできた。

前世の感覚では婚約発表した相手に婚約を持ちかけるなんて馬鹿げているのだが、この国は一夫多妻を認めている。俺が複数の婚約者を持ったことで、じゃあうちの娘もというわけだ。

しかも、俺の婚約者たちは貴族じゃないことが拍車をかける。

ようするに、王族や四大公爵の覚えがめでたい俺を婿養子に迎えられると考えているのだ。

(ディアたちのことは許してやるから、ウチの娘を正妻にしろと上から目線で頼んでくる上級貴族たちには苛立《いらだ》ちすら覚える)

男爵という低い立場で、一応、身分が上のものを立てないといけないため面倒なのもあるが、それ以上にディアたちを蔑むような文面に対して腹が立つ。

(これも来週までの辛抱だ)

来週には学園に戻る。

そうすれば、しばらくこの鬱陶しい雑務から解放されるだろう。

……まあ、家の言いつけで俺に迫ってくる令嬢はいるだろうが、建て前でも学園内では身分は関係ないとなっている。建て前であっても、王家が定めた建て前。つまり、雑に断れて楽だ。

部屋にある通信機が鳴る。このチャンネル。マーハだ。

『あら、今日は部屋にいたの』

「まあな、山程来た婚約話の断りの返事を無心で書いてる」

『そっちも大変そうね』

「そっちも？　オルナのほうも大変なのか」

『それはもちろん。今、若き英雄、ルーグ・トウアハーデの婚約者が代表代理なのよ？』

「それもそうだな。……ちょっと考えなしだったか。もう少し、婚約を遅らせたほうが良かったか」

『それはないわ。ルーグ兄さんの気持ちを示してくれてとてもうれしいの。それはそれとして、定期報告よ。今の所、魔族の動きは見つかってないわ』

「そうか、ありがとう」

最近、魔物の活性化が収まっているように見える。

だからこそ逆に魔族が何かを企《たくら》んでいるのではと警戒レベルを引き上げていた。しかし、マーハの言う通り、魔族が動いている気配はない。

ただ、それとは別に少し気になる動きがあると報告に上がっている。

……教会の連中が良からぬことを企んでいるようだ。

『どういたしまして。でも、これからの定期報告、少し面倒になるわね。さすがに学園内まで通信網を延ばすのはかなりリスクが高いもの』

「それは色々と考えてある。数日中になんとかするさ」

通信網のケーブルと端末の設置が通常の街よりかなり厳しい。

だが、不可能ではない。

『それは安心ね。ルーグ兄さんの声が聞けなくなるのは嫌だもの。そろそろ切るわ。また、次の定期報告で』

「ああ、よろしく頼む」

そこで通信は切れる。

マーハはマーハで大変のようだし、一度イルグ・バロールとして商会に顔を出したほうがいいかも知れない。

一番効果的なタイミングを見計らっておこう。

◇

手紙に書かれていた予定の通りに学園の修復が完了し、いよいよ学園が再開されることとなった。馬車から降りて、門を潜る。

今日はディアとタルトの学園服姿を久しぶりに見た。

生徒たちの多くは友人と再会できてうれしそうだ。

「ものすごく注目されてますね」

「学園が閉まっている間、私たち、というかルーグがずいぶん活躍したからね」

俺たちが学園内を歩くと、それだけで視線が集まる。

すっかり、有名人だ。

視線を集めているのは、ディアとタルトがとびっきりの美少女なのと、その指に嵌《は》められている婚約指輪も原因の一つ。

婚約パーティの日にプレゼントしてから、体を清めるときと寝るとき以外、ほとんどいつも身に着けていた。

たまに二人はぼうっと指輪を見つめて表情が緩むことがあって、そういう彼女たちを見るとこちらまで幸せになる。

もちろん、俺の指にも指輪があった。こちらは宝石がついていない、シルバーリング。むろん、ただの銀じゃない。いろいろと仕込みがしてある特別なものだ。

「こういう視線は慣れないな」

「慣れたほうがいいよ。これからもっと注目が集まるようになるだろうからね」

「そんなことはないだろう」

「そんなことはあるよ。ルーグが大人しくしているなんて考えられないもん」

「タルト、何か言ってやってくれ」

「……あはは っ、その、どちらかというとディア様に同意です」

まさか、タルトにまでそう言われるとは。

これが日頃の行いか。

生徒たちは遠目に見るだけで、話しかけてくる勇気はないらしい。

だが、何事にも例外はいる。

学園が一時閉鎖するまで、意図的にお互い声をかけないようにしていた生徒が俺たちの目の前に現れた。

彼女もまた有名人。一学年上の首席様。

オーク魔族襲撃の際には、遠征していて不在だったが、彼女があの場にいれば、被害は半分で済んだ、そう思えるほどの傑物。

「ルーグ・トウアハーデ。お話がありますの。私の部屋に来てくださいな」

ネヴァン・ローマルング。

四大公爵家が一つ、ローマルング家の令嬢。

優秀な人間を作ることを至上命題にし、数百年、優秀な血をかけ合わせ完成した最高傑作。

「ええ、いいですよ。ネヴァン先輩」

周りから黄色い声が響く。

……ネヴァンは男女関係なくモテるとは聞いていたがこれほどとは。

生徒たちは有名人の俺とネヴァンの組み合わせを面白がっている。

今まで、俺とネヴァンが学園内で一切関わりを持たなくしていたのは、トウアハーデの暗殺家業においてローマルング公爵が上司であり王家からの依頼を精査する役割を果たしてるからだ。

トウアハーデとローマルング、その繋《つな》がりを見せるべきではなかった。公爵家と男爵家、身分が違いすぎる二人が親しくすれば、裏があるのでは？　と考える連中が現れる。

しかし、今は違う。今の俺は公爵家の令嬢が近づいてもなんら違和感はない。

二人で並んで歩く。

ネヴァンが俺にだけ聞こえる独特の発声法を使って話しかけてくる。

「貴方《あなた》が有名になってくださったおかげで、お仕事がやりやすいですわ」

「父から話は聞いている。……ローマルングの諜報《ちょうほう》部隊にすら任せられない、ネヴァンが直々に伝える必要がある依頼があるようだな。さすがに、身構えてしまうよ」

学園に出発する前、父から暗殺の依頼があると伝えられた。

通常なら、ローマルング家の諜報部隊が、暗号化された手紙を運んでくる。

彼らは超一流の諜報員。なおかつその暗号は極めて複雑で、万が一手紙が奪われても解読されることはまずない。

事実、トウアハーデへの依頼が外に漏れたことは一度もなかった。

だというのに、今回はネヴァン自らが学園の自室というある意味、情報がもっとも漏れにくい場所で依頼を伝えることに決まっていた。

「聞いたら驚きますの。……神をも恐れぬ、そういう依頼ですもの」

だいたい分かってしまった。

各地に散らばった俺の目と耳たちの報告の中に、その兆候は隠れていた。

もし、俺の読みが当たっていれば、それこそ殺すどころか、敵意を持っていることを口に出しただけで、己だけでなく一族郎党皆殺し、そういう相手だ。

下手をすると前世を含めて、もっとも難易度の高い暗殺かもしれない。

「とても気の利いた婚約祝いだ」

「喜んでもらえてなによりですの……あと、あらかじめ言っておきますが、私、もし貴方の婚約者になって、身内になってしまっていても依頼しましたわよ」

それは私情を交えていない、ローマルング家としてこの国のため、ターゲットの殺しが必要だという判断。

ならば、俺はトウアハーデとしてその依頼と向き合わなければならない。

話を聞き、アルヴァン王国のためであると判断すれば、トウアハーデの刃を振るうのだ。

Episode10

第十話　暗殺者は最悪のターゲットを知る

The world's best assassin, to reincarnate in a different world aristocrat

Sクラスのみが集まる寮に戻り、上級生の部屋がある最上階に移動する。

ディアとタルトには自室に戻るよう指示を出していた。

(今回の案件はきな臭すぎる)

もし、俺が受けるべきでないと判断するような依頼だった場合、彼女たちが依頼の内容を知らないでいるための配慮だ。

ローマルングが直接伝えるような依頼であり、断った場合は知っているというだけで、消されかねない。

ネヴァンの部屋に足を踏み入れる。部屋の作り自体は俺が使っているものと同じ。

だが、内装には趣味とセンスが出る。

「実にネヴァンらしい部屋だ」

「それは褒め言葉ですの？」

「ああ、貴族令嬢らしく、品がある」

ネヴァンの部屋は、美しい調度品が並び、色彩は明るく華やかだ。

それでいて下品さはない。洗練された美があり、女性らしさも併せ持っていた。

センスだけなら、ディアやマーハも優れているが、ディアの場合は魔法絡みのものを優先して置くし、マーハは女性らしさよりも機能性を重視する。

こういう趣の部屋に入ることは少ない。

強いていうなら、蛇魔族ミーナの部屋に似ていた。

「お褒めに与《あずか》り光栄ですわ。ファロン、お茶とお菓子を」

「かしこまりました。ネヴァン様」

ネヴァンが学園内につれてきていた使用人である、長身の女性が給仕してくれる。

淹《い》れてくれたお茶からは、素晴らしい香りが漂う。

「いい香りだ。こんな茶は初めてだ」

オルナでは茶葉に力を入れているだけあって、かなり茶葉に詳しい自負があったというのに、これは経験したことがない香りだ。

「海の向こうから仕入れた茶葉ですの。なにも海の向こうと取引しているのは、オルナだけじゃありませんわ。海を制するものが商売を制する。私たちは百年前からそう考えて準備して来ましたのよ？　魔物にも、荒波にも負けない船を造り上げ、多大な犠牲を出しながら安全な航路を見つけ出しましたの」

最高の人類を作り上げるローマルング家だ。

それだけの技術を持っていてもおかしくない。

そして、これからの商売は貿易が主戦場になるという先見性も素晴らしい。

「さすがはローマルングだ」

「でも、納得できないことがありますの」

「それはなんだ？」

「オルナ商会の船ですわ。……ローマルングが何十年もかけて造り上げた世界最高だと信じていた船、木ではなく鋼であるが故に海の魔物を物ともせず、魔力を動力にして風に依存せず速力を出す夢の船」

それはいわゆる魔法の世界における鉄鋼船。

いわゆる技術のブレイクスルーとも呼べるもの。

「それと同じコンセプトかつ、より優れた設計を、たかだか一商人であるイルグ・バロールが完成させ、短期間で造り上げた。どういうわけか、私たちが幾度もの失敗を重ね、痛みを伴いながら見つけ出した安全で有益な航路すらいくつか見つけ出していますの」

「オルナはそんなすごい船を持っていたのか」

ルーグ・トウアハーデとしての俺は、オルナとは無関係なので、そう振る舞う。

「それだけじゃないですわ。航行に必要なありとあらゆる道具が先進的。……例をあげれば、羅針盤。どういうわけか、オルナの船で使っているものは船の上でも常に水平だからぶれない。他にも経度という概念の発見と、経度を測る六分儀という発明。海の上で自らの位置を正確に摑《つか》めるなんて。航海の歴史を変える発明ですの。イルグ・バロール、あれはただものじゃないですわ」

「すごい発明家だな、尊敬するよ」

「他人事みたいに言いますのね」

「婚約者がオルナにいるが、その上司なんて他人だろう？　だが、ネヴァンの話で興味がわいた。今度、マーハにイルグ・バロールを紹介してもらおう」

「あくまでとぼけますのね」

ネヴァンは意味ありげに微笑《ほほえ》みかけてくるので、俺も微笑み返す。

（……それにしても驚いたな）

ネヴァンが言う、新型の魔導船、新型の羅針盤である乾式コンパス。経度を測る六分儀。それらは最高機密として情報が漏れないようにしていた。

オルナにとって、貿易での優位性が生命線の一つだからだ。

現状、大陸に沿って積荷を運ぶ船は多くても、オルナのように大陸間での貿易をする商会はほとんどない。船の性能的にもクルーの航海技術的にも自殺行為だからだ。

だからこそ、オルナはこの分野で荒稼ぎできている。チョコレートなどはその代表例。

オルナ以外ではカカオを仕入れることすらできていない。

「いつか、証拠を摑んでみせますわ」

「いったい、なんのことやら……それより、雑談をするために呼んだわけじゃないんだろう。早く本題に入ってくれ」

「ええ、そうでしたわ。では、改めて」

ネヴァンの顔が、友人に接するものから、ローマルング公爵令嬢の顔に変わる。

空気が重くなったのを肌で感じた。

「四大公爵家が一つ、ローマルングの名においてアルヴァン王国の影なる刃、トウアハーデに命じる。アルヴァン王国の病巣を切除せよ」

「それが真にアルヴァン王国を害するものであれば」

正式な依頼の場合、必ずこの文言をローマルングは使う。

俺の返事もまた、トウアハーデとしての定型文。

それは手紙でも口頭でもだ。

これがローマルングとトウアハーデとしての在り方であるが故に。

これから、今回のターゲットが明かされる。

なのに、ネヴァンがファロンと呼んだ少女は主の側に控えたままだ。

ただの使用人なら、ここからの話を聞いて良い訳がない。

その隙の無い物腰、常に周囲への警戒を怠らない姿勢。魔力は規格外の部類。それらを合わせて考えると、ローマルングの血脈であり、ネヴァンの懐刀だろう。

「今回の病巣は、アラム教の教主ですわ」

「直接依頼を伝えるわけだ。万が一依頼が漏れたらそれだけで破滅だ。アルヴァン王国だけの問題じゃない。世界を敵に回す」

「あら、思ったより驚きませんのね」

「驚いてはいるさ。ただ、その可能性は考慮していた」

「いい耳をお持ちですこと」

アラム教はアルヴァン王国を始め、世界のほとんどで国教とされている世界最大宗教。

アラム・カルラという巫女《みこ》を奉り、勇者に神託を与え魔族との戦いを助ける役割を果たす。

よくあるまがい物と違い、アラム・カルラは本当に神の声を聞ける。

女神がアラム・カルラを窓口にして声を伝えて世界を管理しているのは、女神本人から聞いていた。そして、アラム教が所有している勇者と魔族の資料もまた本物。

正真正銘、アラム教は世界を救っている。だからこそ、人々は心酔し、すがりつく。

「この暗殺ができるのは世界中で貴方だけ。やっていただけますわね？」

「教主を殺す理由を聞いておこうか」

この国に張り巡らされた監視網。そこの定期報告でアラム教が怪しい動きをしていることに気がついていた。

だが、俺の持っている情報だけでは教主を殺す根拠になりえない。

「教主に魔族が成りすましていて、アラム・カルラ様の命が危ない。これは、トウアハーデが刃を振るう理由にはなりませんの？　……あら、今度は本当に驚いておりますのね」

……教主が魔族と入れ替わっているだと⁉

それが本当なら、まずい。

アラム・カルラや勇者を簡単に罠《わな》に嵌めて殺せる。

それ以上に厄介なのは、アラム・カルラという女神と世界をつなげるチャンネルを悪用されること。

魔族の言葉が女神の言葉として伝わってしまう。

世界を大混乱に陥れることすら容易《たやす》い。また、俺を社会的に抹殺することも可能。俺を悪魔だと神の名において認定すればいいだけだ。

魔族がその手を選ぶ可能性は十分にある。今まで複数の魔族を屠《ほふ》った俺を消したいだろう。俺が魔族ならその手を選ぶ。

人というのは社会に依存して生きている。どれだけ強かろうと世界を敵に回せば待っているのは破滅だけだ。

少なくとも、俺はルーグ・トウアハーデとして生きていけなくなる。

「引き受けよう」

まずは裏を取る。

裏を取れば速やかに魔族と入れ替わっている教主を殺す。

「ありがたく存じますわ」

前世を含めて生涯最高難易度の殺しだ。

教主というポジションにいる人間を殺すだけでも厄介なのに、対象が魔族なんて規格外なのだから。

だが、やってみせる。それが俺と愛《いと》しい者たちの幸せに必要だから。

Episode11

第十一話　暗殺者は準備する

The world's best assassin, to reincarnate in a different world aristocrat

暗殺対象はアラム教の教主。

脳裏でいくつものプランを検討していく。

そうしながら、俺は口を開いた。

「質問が二つある」

「どうぞ、答えられることなら答えますの」

「一つ目、殺し方は問わないのか？　王子のときのように、殺されたという事実自体を隠す殺し方は必要ではないのか？」

かつて俺はこの国の王子を殺した。

その際、アルヴァン王国にとって王子が殺されたなんてスキャンダルはそれ自体が火種になるため、病死に見せかけて殺したのだ。

今回の相手は教主。そういった指定があってもなんの不思議もない。

「ただ殺してくだされればそれでいいですわ」

「わかった」

その条件であれば、もっとも楽な殺し方はライフルを使った遠距離狙撃。

教主なら、謁見演説などで大多数の前に姿を晒《さら》す機会がある。

そこを狙えばいい。

様々な魔術をフルに活用した場合、俺の最大射程は二キロ。

この世界では長距離狙撃という概念そのものがない。

弓で狙われることぐらいは警戒するが、せいぜい二百メートルから三百メートルの世界。キロ単位の狙撃なんてものは想定すらされてない。故に狙撃ポイントの監視もなければ、射線を塞ぐ守りなんてものもない。

容易く頭を撃ち抜けるだろう。

(問題は魔族であれば、頭を撃ち抜いたところで殺せないことか)

魔族を殺すには紅《あか》い心臓を砕かねばならない。

それにはまず紅い心臓を具現化するための【魔族殺し】を当てることが必要になる。

あれの有効射程はせいぜい二十メートルから、三十メートル。

【魔族殺し】を当てる役と狙撃する役を分担するにしろ、【魔族殺し】を行うものはその場で捕まってしまう。

……【魔族殺し】を使う役割を果たすのはディアだ。ディアは優秀な魔法使いではあるが、身体能力や近接格闘は二流以上一流未満であり、ことが終わったあとに逃げ延びるのは至難の業。

なにか、手を考えなければならない。

「二つ目の質問はなんですの？」

「なぜ、教主が魔族だとわかった」

「その質問をされるのは意外ですわね」

「当然、聞くべき内容だと思うが」

「ですが、あなたなら私の言葉を信じず、自分で裏を取るでしょう？」

俺のことがよくわかっている。

ネヴァンが何を言おうが、俺は自分の目と耳で真実を確かめるだろう。

「ローマルングがなぜ魔族だと確信をしたのか自体が有用な情報になる可能性が高いし、事実確認が楽になる」

「それはそうですわね。答えますの。アラム・カルラ様が助けを求めてきましたの」

女神と繋がる巫女がそう言ったのなら限りなく教主はクロに近い。

あれはよくあるでっちあげのシンボルではなく、本物だ。

「……教主にばれないよう巫女からSOSを受け取るなんてどうやったんだ？」

「四大公爵として会ったわけじゃないんですの。ファリナ姫の影武者としてですわ。アラム教を信奉する国の王族は、定期的にアラム・カルラ様の神託をいただきに参るのです」

ネヴァンはローマルングの令嬢であり、同時にアルヴァン王国の姫、ファリナの影武者としての顔を持っていた。

「筋は通るが、アラム・カルラは自分が教主の正体に気づいていることを知られれば殺される。そう考えているはずだ。その状況で頼るなんて普通じゃない」

「一朝一夕じゃありませんの。あの巫女は使えると思いまして、何年もかけて取り入っておきました。魔族を三体も倒したルーグ・トウアハーデがいる国というのも大きかったですわ……アラム・カルラはあなたなら助けてくれると信じているようです」

抜け目がないことだ。

そして、これは朗報ではある。

アラム・カルラは教主の正体を知っており、なおかつこちらの味方だ。彼女がまだ魔族の手中に落ちてないならいくらでもやりようがある。

そう簡単に、俺を神敵として認定したりはしない。

……もっとも、魔族がその気になれば神の加護に守られたアラム・カルラを人形に仕立てあげることができるのだろうが。

「いい情報だ。彼女を守る手はずを整えつつ、なんとか俺も教主に会ってみようと思う。俺は何度も魔族と対峙《たいじ》してきた。どれだけうまく隠そうとも会えば魔族かどうかはわかる……できれば、表の顔で会いたいが難しそうだ」

状況証拠は揃《そろ》っているが、やはり確信には至らない。だからこそ、教主をこの目で見たい。

「難しくはありませんわ。あなた、また魔族を倒したでしょう？　勇者が倒した最初の一体を除いても、兜蟲《かぶとむし》、獅子《しし》に続いての三体も。それで教主自らが貴方《あなた》をアラム教の聖地に招いて、盛大に称《たた》えるとおっしゃっておりますの。気前がいいことにあなたのクラス全員と生徒会長を聖地に招いてくださるみたいですわ」

都合がいい……なんて思えない。

「どこからどうみても罠だ。ご丁寧に、人質《クラスメイト》まで用意して」

「このタイミングで呼び寄せるのですから、そうでしょうね。面白いではないですか。魔族と人間の知恵比べ」

たしかに面白くはある。

この騙《だま》し合いの鍵を握るのはアラム・カルラなのは間違いない。

教主が俺を神敵と断定しようとも、アラム・カルラが俺は無実だと告げ、なおかつ教主こそが魔族と断定すれば、どうとでもなる。

逆に、アラム・カルラが敵の手中に落ちるまでに手を打てなければ、アラム・カルラの神託により俺は社会的に殺されてしまうだろう。

◇

自室に戻ると、ディアとタルトに今回のあらましを伝える。

今回の依頼を受けると決めた以上、助手の協力は必要不可欠。

「うわっ、教主が魔族なんて世も末だよ」

「一番神様に近い人に魔族が化けてるなんて信じられません……」

「そういう前例を一人知っているだろう？　蛇魔族のミーナが貴族社会に潜り込んだんだ。教会に紛れ込んでもなんの不思議もない」

魔族はただ強いだけの化け物じゃない。

だからこそ厄介だ。

「でも、どうする気？　けっこうやばいよね。ルーグの話だとすでにアラム・カルラが敵の手に堕《お》ちていればどうにもならないんでしょ？」

「だから、一足先に会ってくる。俺の飛行機は敵も想定していないはずだ。授業が終わったあとすぐに抜け出していく」

「授業なんて受けてる場合じゃないよ！」

それはもっともだ。

時間との闘いだから授業を受けずに、今すぐ出発するべきなのは自明の理。

「普通ならな。魔族と繋《つな》がりのあるやつが教室にはいる。学園に戻ってきたくせに授業をいきなりサボって、出かけるなんてイレギュラーを起こせば、そのことが教主に化けた魔族に伝わりかねない」

「それって、ノイシュさんのことですよね……あの、魔族同士は対立しているはずじゃ」

「地中竜魔族の出現以降、ミーナの動きは怪しい。少なくとも今は信じるに値しない」

ミーナの考えていることはなんとなくわかる。

ミーナは人間社会と人間文化を愛しているが故に、人間社会を滅ぼす他の魔族を排除したいと言っている。

その言葉に嘘《うそ》はない。

だが、同時に魔王の力を手に入れたいとも思っているふしがある。その条件は人間千人以上の魂から作られる【生命の実】が三つ以上必要。

ミーナはもし自分でそれを作ろうとすれば、俺の標的になることを知っている。

だから、他の魔族に【生命の実】を作らせてそれをかすめ取ることを選んだ。

しかし、八体の魔族のうち、ミーナを入れて生き残りはたった四体。

ミーナにとって、ここまでに【生命の実】が一つしか作られていないことは想定外。現段階では、これ以上魔族が減ることを歓迎はしないだろう。

「そういうことなんだね。でも、アラム・カルラに会ってどうするの？」

「アラム・カルラがまだ敵の手に堕ちていないかを確認する」

彼女は本物の巫女《みこ》ではある……しかし、女神の声が聞けるだけの一般人に過ぎない。その気になれば、ただの人間ですら彼女を洗脳することが可能。ましてや、魔族が相手ではどうにもならない。

「もし、もう洗脳されてたら？」

「詰みだな。社会的な死は避けようがない。名前を捨てて逃げることを選択する」

それだけアラム教の影響力はでかい。

想像してみてほしい、貴族や教会関係者どころか、すべての国民が敵に回る。街で歩く人々が、悪魔だと罵り石を投げてくる。

ルーグ・トウアハーデとして生きるのは不可能だ。

イルグ・バロールの皮を被って生きていくか、アラム教の力が及ばない遠くの地へ行く。どちらにしろ顔と名前を変えて生きながら、汚名をそそぐチャンスをうかがうしかないだろう。

「そのときは私も一緒だよ」

「私もです！」

「犯罪者よりもよほどひどい境遇になるのがわかっているのか？」

「わかってるよ。でも、ルーグが一緒じゃないほうがもっと嫌」

「私はルーグ様の専属使用人ですから！」

まっすぐな好意がとてもまぶしくて、同時に胸を温かくしてくれる。

「ありがとう。うれしいよ。そのときは一緒にいてくれ。一人は寂しいんだ」

「ふふん、任せて」

「ルーグ様を一人になんてさせません」

本当にこの子たちと結ばれて良かったと思う。

俺たちは笑いあい、それから少し照れくさくなって俺は咳払《せきばら》いしてしまった。

ディアたちもそうらしく、話を本筋に戻そうとする。

「それで、もしアラム・カルラが堕ちてない場合はどうするの？」

「さらって匿《かくま》う。アラム・カルラを押さえていれば、教主が何を言おうが痛くも痒《かゆ》くもない。アラム・カルラは女神に選ばれた巫女だが、教主なんてただの役職だ」

俺は笑って見せる。

アラム・カルラを手に入れれば、一気に有利になる。教主は魔族だと言わせることもできるのだ。

「……あっ、あの、それって、聖地に出向いて、世界で一番警備が厳しい大聖堂に忍び込んで、人一人抱えて、脱出するってことですよね。それも正体がばれないようにして」

「うわぁ、そんなことできるの？」

「やってみせるさ。やらないとならない。なに、その後に教主に化けた魔族の暗殺なんて、冗談のような超高難易度ミッションがあるんだ。これぐらいこなせないと話にならないさ」

面倒な仕事だがやってみせよう。

まずは通信網を使い、アラム・カルラを匿うセーフハウスと物資の確保を聖地で行わせながら、俺自身も旅支度する。

時間との闘い。

だが、慌てずにやるべきことを最速でこなしていく。

久々に暗殺者らしい仕事だ。

完璧にこなしてみせる。

Episode12

第十二話――暗殺者は侵入する

The world's best assassin, to reincarnate in a different world aristocrat

授業が終わると同時に、学園を出発した。

学園で蛇魔族ミーナの従者となったノイシュに変わった動きはない。まるで、あの頃に戻ったように普通の友人として接してきた。

学園の敷地外まで出ると、変装し飛行機で空を舞う。

今回の目的は、アラム・カルラの確保。

いくら【聖騎士】の肩書きを持っていたとしても、バレてしまえば一族郎党死刑。それどころか、アルヴァン王国そのものがやばくなる。

だからこその変装。

そして、そんなリスクがあっても行動に移したのはそうしないと詰むからだ。

敵が動く前に、アラム・カルラを確保できるかで戦況は一変する。

（……こういうときに、影武者が用意できると動きやすいんだがな）

俺は有名になりすぎた。

そうしないとならない事情があったとはいえ、成果を挙げすぎ、注目を集め過ぎた。おかげで、動きづらい。

だからこそ、もう一人の俺が必要だと強く思う。

今日だって、影武者がいれば影武者に授業を受けさせて、昨晩のうちに出発できただろう。

（なかなか適任が見つからないな）

メイクでごまかすにしろ、ある程度はもとの顔立ち、体型が似てないといけない。なおかつ魔力持ちでないといけないのが大きなハードルだ。

意図的に隠さない限り、魔力持ちは常に魔力が漏れている。

俺ほどの魔力量はなくとも、最低限魔力を持っていないとどうしたって不自然になる。

そして、魔力持ちは一部の例外を除いて貴族ばかりであり、影武者になってくれるような者は少ない。

さらに贅沢《ぜいたく》を言えば、Sクラスの授業を受けても代役が務まるほどの優秀な相手が望ましいのだが、それははなから諦めている。

「なんとかしないとな」

今後の展開次第では、ないとどうしようもなくなってしまうだろうから。

◇

飛行機で距離を稼いで、アラム・カルラのいる聖地にやってきた。

その名はフォウォーレ。

小さな街でありながら国。世界最小の国だ。

王都の地下にも聖域があるが、ここは街すべてが聖域。

魔物に備えるため、ほとんどの街には防壁が存在するが、ここにはない。

その代わりに、結界が張られていた。

街全体を覆う結界なんてふざけている。人間には不可能な規模と強度。神の力だ。

この結界はすべての不浄を排除すると言われており、人間には無害だが、結界に触れた瞬間、魔物は死ぬと聞いている。

「……それだけじゃないな」

離れたところから神の結界とやらを観察する。

トウアハーデの瞳を使い、術式を見抜き、それを解析していく。

ディアと二人、十年以上かけて規則性《ルール》を分析してきた。だからこそ、たいていのコードはわかる。

それでも、六割程度しか読めない。

それは、俺たちが知る魔法というのは神が人間用に調整した魔法だが、ここにあるのは神自らが使う魔法。

魔法の次元が違う。

なおかつコードの組み方が独特かつ複雑。

それでも挑む。

（神の結界、勉強になるな。ディアにも見せてやりたい）

わかる部分から流れを読んで、仮定をいくつも当てはめて、もっとも整合性の高いものを選び、推測を重ねる。

「だいたいわかった……あれは、ただの守りじゃない。情報管理システム。だが、穴もある」

情報管理システム。

驚いたことに魔力の波長を読み取り、個人を識別している。

管理者は街に入った人間、出た人間、そのすべてを把握できる。

対魔物に特化しており、通るだけならできるのだが、無許可で通ったものがいるという事実は知られてしまう。

（押し通ったとしても、それが俺だとばれることはないだろうが……警戒はされるな）

俺はこの街に入ったことはない。

だから、魔力の波長を知られているとは思えない。つまり、特定はされることはない。

それでも、正体不明の侵入者が俺かもしれないと思われること自体がまずい。

教主の正体が魔族であれば、魔族を数体倒した俺を警戒している。そもそも聖地に無許可で忍び込むような罰当たりな真似《まね》をする人間なんて考えにくく、それもまた俺を連想させてしまうだろう。

結界を壊すことを検討する。

六割しか式が読めてない以上、改変は不可能だが術式に介入して壊すことならできそうだ。今回用意した、【神器】である第三の腕を使うことが前提だが。

あれは兵器として優秀だが、それ以上の神の手であり、触れられないものに触れる特性こそが真価。

(壊せはする。だが、それは悪手か)

そもそも、無断侵入することですら警戒されると恐れているのに、壊すなんてもっと派手な真似をしてどうなるというのか……。

却下だ。

選ぶべき手は一つ。

「あの結界を飛び越える」

結界は街を囲むようにあり、地中と地上約十キロに延びている。

ドームではなくあくまで高い壁に過ぎない。

上はがら空きだ。

翼を持つものでも高度十キロなんてふざけたところまでは上昇しないと踏んでいるのだろう。

実際、どんな超一流の魔術士が、風を使ったり身体能力を強化しようとも、力業で十キロ以上飛ぶことなんて真似はできない。

俺だって、風と身体能力で飛び越すのは不可能。だが、俺なら第三の手段を選べる。

まずは風を纏《まと》う。これは飛翔《ひしょう》のためじゃない、保護服のようなもの。

俺が使うのは……。

「神槍【グングニル】」

重力を反転させることで超高度まで射出する必殺魔法。

本来は、高高度まで上昇させた物質による質量攻撃。あるいは敵そのものを吹き飛ばす攻撃に使うもの。

だが、それを己の身に使えば……。

（超効率で飛翔できる）

ただ、油断はできない。

なにせ、これは空に向かって落ちていく。毎秒9・8メートルも速度が増していく。

凄《すさ》まじい速度。

体への負担は大きく、その速度域で魔法の制御を保つのは難しい。

もし、術の途中で意識を失えば、地表に叩《たた》きつけられて即死。

……街に入る前からここまで苦労するとは。

苦笑すると同時に魔法が完成。

加速で頬《ほお》が引きつる。

加速、加速、加速、空に向かって落ちていき、頬が引きつっていく。

計算通りのタイミングで魔法が終了する。

だが、上昇は止まらない。運動エネルギーを消費して減速しながらさらに上昇。

そして、完全に聖地の結界を越えたところで運動エネルギーを消費し尽くし停止、その後重力に引かれて落ちていく。

空気が薄い、肌寒い。

高度が上がるほど、気圧や気温は低下し、酸素も薄くなる。そして気圧、気温の変化が急激であればあるほど人体への負荷は大きい。

エベレストですら高度八キロ、登山しているだけでも気圧差で倒れるものが多いことを考えると、生身で十キロを超高速で駆け上がるのは、自殺行為としかいいようがない。

もし、風の護《まも》りを用意していなければ、ただでは済まなかった。

風をあつめて、スラスターにして前へ進み、聖地の上空へと移動。

速度が上がりすぎないように風の逆噴射をしながら落ちていく。

高度が下がってきたところで、風の護りを捨てた。

その代わりに風の膜をまとう。光を屈折させ、不可視になる俺の得意技だ。

地面が近づくと逆噴射を強化し、ほとんど速度を殺し、全身を使って衝撃を吸収して着地。音を殺した。

そのまま、路地裏に駆け込み、周囲に人影がないことを確認してから透明化を解く。

誰にも気づかれずに街へと侵入できた。

「第一段階はクリア。次が本命だ」

聖地の中央にある大聖堂を睨《にら》む。

そこにはアラム・カルラがいる。

彼女の予定は事前に調べてある。

俺の情報網と、ネヴァンの情報が一致している。かなり信憑性《しんぴょうせい》が高い。

一時間後、大聖堂の大浴場にて週に一度の禊《みそぎ》を行う。聖水で満たした風呂で巫女《みこ》の力を高める。

その際は、何人たりとも彼女のそばにはいない。

護衛も、付き人もだ。

つまり、さらうにはもってこいの状況。

このチャンスを逃せば、彼女が一人きりの状況など、そうそう訪れない。

ならばこそ、敵に警戒されたくなかった。

敵が警戒態勢に入れば、そういう隙は真っ先に潰される。

俺は街に溶け込み、大聖堂へ向かう人混みに紛れた。

俺は暗殺者であり、誘拐犯ではないが、専門外なんて泣きごとは言わない。暗殺者というのは多芸でなければ務まらないのだから。

Episode13

第十三話　暗殺者は巫女をさらう

The world's best assassin, to reincarnate in a different world aristocrat

いくつもの罠《わな》を回避しながら、大聖堂に侵入した。

どうやらここまでの守りは厳重でも、大聖堂の中は無防備なようだ。

それでも油断せず、常にトウアハーデの瞳は発動させておき魔術的な罠を警戒、同時に暗殺者としての観察眼で物理的な罠にも警戒を怠らない。

此処《ここ》から先、一瞬の油断が命取りになる。

途中、鏡に映った自分を見て苦笑いをする。

(仕方がなかったとはいえ、こういう変装をするとはな)

ここに来るに当たり、俺は女装をして修道女に化けていた。

アラム・カルラがいる区画は修道女だけしか立ち入ることができないからだ。

幸い、アラム教の修道服はゆったりとしたスカートなので膝を軽く曲げながら歩き、身長を低く見せることができる。また、薄いベール付きの帽子を被っていられるのも都合がいい。

顔が隠れていれば男だと気付かれにくいし、見知らぬ顔であろうと違和感を与えない。

ネヴァンから入手した大聖堂の図面に従い、目的地へ向かう。

目指しているのは大浴場だ。

アラム・カルラが一人になる時間はそこしかない。

俺は足を止めて壁により、アラム教独自の礼をした。

男性は立ち入り禁止のはずなのに男がいた。服装からして、高位の司祭なのだろうが小太りで卑しい感じがする。

その男は通りすぎず、足を止めて俺のほうへ来る。

まさか、俺が偽の修道女だと気づかれた？

「そこの修道女、顔をあげよ」

言われるがままに顔を上げると、ベールを剝《は》がされる。

「うーむ、美人ではあるが、もっと幼いほうがいいのう……もう、よいっ。いけっ」

「かしこまりました」

俺に興味をなくしたのか、今度こそ立ち去っていく。

（アラム教も俗世に汚れたようだな）

あいつの性欲に満ちた目を見て理解した。

日常的に、やつはここにやってきて修道女を弄んでいる。

魔族が教主になった影響……ではないだろうな。宗教というのは金と権力が集まる。そして、金と権力は人を腐らせるし、腐った人間をさらに引き寄せる。

俺の知る限り、どんなご立派な宗教だろうと大きくなればこうなってしまう。

前世ではそういうのを何度も見てきたし、そうして欲に溺れた奴《やつ》らを殺してくれと依頼を受けたことも多い。

（変装をしっかりしてよかったな）

ベールで隠す前提だから、きっちりと顔を作る必要はなかったのだが用心をしておいて良かった。

……もし、奴の好みの顔にしていたら部屋に連れて行かれてしまうという別のトラブルがあったんだろうが。

目的地はすぐそこだ。

最後まで気を抜かずに行こう。

◇

途中、情報収集をして予定通りアラム・カルラが湯浴みをすることを確認してから、大浴場の天井裏に潜んでいた。

そこでアラム・カルラがやってくるのを待つ。風を己の目にする魔法を使って下の様子をチェックしていた。

まるで覗《のぞ》きをしているようで罪悪感がわいてくるが、ここ以外、彼女が一人になる時間はない。

ネヴァンから教えてもらった湯浴《ゆあ》みの時間が近づいてくる。

こつんこつんと足音が聞こえ、待ち人が現れた。

髪も肌も、何もかもが白い女性。彼女は薄く肌に張り付く服を着ていた。初めて見たときも驚いたが、どうしてもあの女神を思い起こさせる。

息を潜め気配を消す。

そして、待ち時間の間に天井に作った隠し扉から音もなく降り、死角から近づき、背後から抱きしめると右手で口をふさいだ。

「んんっ、んんんっ」

パニックになって、アラム・カルラが暴れるがろくに動けはしない。こちらはプロの技術で拘束している。

いきなり、風呂場で目の前に現れたら悲鳴を上げられて、騒ぎになるのは目に見えていた。

だから、手荒い方法を選ぶことになった。

俺は彼女の耳元にささやきかける。

「俺はルーグ・トウアハーデ。ファリナ姫の依頼で君を助けにきた」

それを聞くと、アラム・カルラが大人しくなる。

ネヴァンではなくファリナの名前を使ったのは、ネヴァンはファリナ姫の影武者として彼女に近づいたからだ。

「今から解放するが、外の従者に気付かれないよう、声量や物音には注意してくれ」

こくこくとアラム・カルラが頷《うなず》く。

俺は十分彼女が落ち着いたのを確認して拘束を解く。

「助けに来てくださってありがとうございます」

小声でアラム・カルラが礼を言った。

なぜか、化粧道具を持ち込んでいる。口紅もある、都合がいい。

俺が持ち込んで来たものより、彼女の所持品のほうを使うほうが不自然にならない。

「礼はあとでいい、まずここを抜け出す。その前に、壁に口紅で言う通りに書き置きをしてくれ」

「あの、どうして？」

「時間がない。理由はあとだ。内容を言おう。『女神様のもとへ行きます』」

訝《いぶか》しげな顔をしたが、アラム・カルラは俺の言う通りにする。

小手先だが、誰かがさらったと思われるよりも女神の奇跡にしておいたほうが色々と都合がいい。

犯人と彼女を捜されるのは困るし、アラム・カルラが暴漢にさらわれたとなると彼女の名前自体に傷がつく。

女神の奇跡で彼女が消えたという情報は噂《うわさ》という形で修道女から大聖堂の内外に流し、それが広まるように手配をしている。

「じゃあ、行こう。しっかりと摑《つか》まっていろ」

俺はアラム・カルラを抱き寄せ、そのまま風に乗り天井に戻る。そのとき、アラム・カルラの白い髪がばっさり抜けた……違う、これはカツラだ。カツラの下には赤い髪が隠れている。

まさか、本人じゃなく影武者か？　いや、それはない。俺もそうだからわかるのだが、どことなくあの女神の匂いがする。

彼女もきっとそれがわかるから俺を信用しているのだろう。

アラム・カルラが必死にカツラを頭に押さえつける。そして他にも違和感があった。彼女の肌に触れた俺の服が白く汚れている。髪と同じく肌の色も偽物。

気にはなるが、それはあとだ。

降りて来るのに使った隠し扉から天井に登り、しっかりと扉を締め、さらに換気口を通って屋根の上に出る。

そして、事前に下調べをし安全を確認したルートを使い、避難先へと向かった。

◇

俺が用意したのは聖地にある一軒家だ。

ここはオルナ商会の力を利用して用意したセーフハウス。架空の人物の名義で買った家で、主要な都市にはそういうものを用意してある。

彼女の気持ちを落ち着けるためにリラックス効果のあるハーブティーを淹《い》れた。

「いろいろと話をしないといけないな。何から話そうか」

「……髪と肌のことはお聞きにならないのでしょうか？」

「なら、それから聞かせてくれ」

アラム・カルラ。今の彼女はカツラを取り、そして肌に塗っていた白い塗料を落としていく。

本当の彼女は、赤い髪に色白ではあるが人間的な肌の色。女神のような非人間的な白ではない。

以前出会ったときは、二十代であると思ったが、化粧を落とした彼女は十代後半に見える。

女性の化粧というのは印象をがらりと変えてしまう。

「女神の代弁者である、アラム・カルラには女神様と同じ白が求められるのです。今までのアラム・カルラも、みんな全部白で塗りつぶすことが義務付けられてました……それを知っているのは教主様を含めた数人だけ」

「なるほど、だから大浴場だけは一人で入るのか」

身分の高いものだと、浴場にも従者を連れていき世話をさせることが多い。ましてやアラム・カルラなんて超VIPにもなると常に誰かを側に置いて護衛をさせておきたいものだ。

「湯浴みのときだけ、私はアラム・カルラじゃなくて、ミルラに戻れるんです」

「化粧を隠しているなら、口紅でメッセージを残したのは失敗だったか」

「いえ、口紅は大丈夫です。白粉《おしろい》は秘密ですけど、口紅のほうは、ぜんぜん隠してないし、みんな、口紅の色が私の唇の色なんて思ってないですから」

口紅を持ち込むのは本命である肌を白く塗りつぶす化粧を隠すためのまやかしか。

わかりやすい化粧を湯浴みで行うことで、化粧をしていることを印象付ける。白く肌を塗っていることは知られるわけにはいかず、塗りたての白粉には独特の匂いがある。

しかし、化粧をしているという認識があれば、そこに違和感を与えない。

「苦労しているんだな」

「覚悟の上です。女神の声を聞いて、伝えるだけで、いい暮らしをさせてもらえるんですから」

言葉や態度からさっするに、もともと彼女は身分が高い家の生まれじゃない。女神の声が聞けるからその椅子が与えられた女性。

ただ単に女神と相性が良かったから、そこにいる。

初めて会ったときは超然的なものを感じたが、目の前にいる女性はあまりにも普通だ。

「そうか。……そして、その待遇を捨ててまで助けを求めた理由があるんだな」

「はいっ、このままじゃ私は殺されてしまいます。そして、あなたも」

「俺もか？　教主が魔族と入れ替わっているとファリナ姫経由で聞いてはいるが、なぜ君はそれに気づけた？」

最大の疑問はそこだ。

彼女に人間に擬態している魔族を見破る能力があるなら話は早いが、おそらくそうではないだろう。

そもそも、アラム・カルラとは女神の声を聞くことができるだけの一般人に過ぎない。曲がりなりにも、世界最高ランクの聖職者たちが集まるアラム教の教主になっても存在を隠し通せる魔族だ。隠匿する技術はずば抜けている。それを彼女が見抜くなどありえない。

　そして、彼女に情報収集能力があるとも思えない。こうして話してみてわかる。彼女はただの女神の声を聞けるだけの女性にすぎない。

「……その、女神様が私の体を使って、教主様と、魔族とお話をされたからです。私、そうしている間も意識があって、女神様と魔族が話した内容を覚えています」

　絶句する。あの女神が魔族と直接会話だと？

　嫌な予感しかしない。

　まさか魔族と繋《つな》がっているのか？

　だが、ありえないことじゃない。女神の目的はこの世界を維持すること。

　そう、彼女は人類の味方ではなく、世界の味方だ。

　加えて、今まで集めた情報が正しければ魔族は人類の敵ではあっても世界の敵ではない。女神が魔族と手を取る、そういう可能性だって存在するのだ。

「その内容を教えてほしい」

　何はともあれ、まずは話を聞こう。

　考え方によっては運が良かった。このタイミングで、女神と魔族の会話だなんて重要な情報を得られたのだから。

Episode14

第十四話　暗殺者はアラム・カルラと打ち解ける

The world's best assassin, to reincarnate in a different world aristocrat

女神がアラム・カルラを通して、教主に化けている魔族と話をしたとなれば放っておくわけにはいかない。

アラム・カルラがその話をしようとしたとき、彼女のお腹《なか》の音がなった。

「ごっ、ごめんなさい。大事な話の途中ですのに」

恥ずかしそうに彼女はお腹を押さえる。

「話をする前に、軽く食事をしよう。何か作るよ。苦手なものはあるかな？」

長い話になりそうだし、まずは腹ごしらえだ。

話を聞くことは大事だが、彼女の信頼を得ることも大事だ。無理強いをしたくない。

無理強いをしても、この状況だからと頭では納得するだろうが、不満は心に蓄積される。

心というのは理屈じゃない。

「そんな、悪いです」

「俺も腹が減っているんだ。気にしないでくれ」

「そうですか。ならお願いしますね」

「ああ、それと向こうの部屋は君のために用意したものだ。着替えもある。その格好じゃ気が休まらないだろう？　食事ができるまで、着替えて休んでいるといい」

そう言うと、アラム・カルラは己の格好を見る。

大浴場で禊《みそぎ》を行うための肌に張り付くような薄く白い衣装。男に見せるような格好ではない。

「でっ、では、楽しみに待ってます。それと、その苦手なものはお魚です」

こくりと頷いて、彼女は奥の部屋に向かっていった。

◇

三十分ほどで、食事が出来上がり彼女を呼ぶ。

彼女は仮眠を取ったようで、顔色がかなり良くなっていた。

ゆったりとした部屋着に着替えている。化粧を落とし、カツラを外した彼女は印象ががらりと変わっていた。

「さあ、食べてくれ」

食卓に並べたのはパンケーキとホットチョコレートだ。

「遠慮なくいただきますね。ああんっ、甘い。この黒い飲み物、ものすごく美味《おい》しいですね。温まります」

「ホットチョコレートという。とっておきだ」

「とっても、とっても美味しいです」

「なら、たくさん用意しよう。数日、この部屋に隠れ住んでもらうしな」

チョコレートには精神を癒やす効果があり、栄養価も高い。

今の彼女にはぴったりな飲み物だ。

「この部屋を使っていいのですか？」

「ここが一番安全なんだ。信頼できるものが定期的に物資を運んでくる。不自由はしないはずだ」

彼女には聖地での仕事が残っている。

何より、彼女を連れてこの街から出るのも、彼女を連れて戻ってくるのも、今後のことを考えるとセーフハウスに匿《かくま》うのが一番リスクが低い。

そんな説明を食事をしながら伝えると、彼女がこくりと頷いた。

「何から何まで申し訳ございません。あっ、このパンケーキも最高ですね。軽くて、ふんわりして。今まで食べてたパンはなんだったのかって思っちゃいます」

アラム・カルラは大物かもしれない。

この状況で割と余裕を感じさせる。

「ちょっとしたコツがあるんだよ」

この世界にはパンやケーキを膨らませるベーキングパウダーというものが存在していなかったが、オルナで新たに開発した。

パンケーキにはそのベーキングパウダーとヨーグルトを練り込みつつ、油は控え目にしてある。

ベーキングパウダーはヨーグルトと化学反応を起こして炭酸ガスが大量に出るため、ただベーキングパウダーを使うだけよりもさらに生地が膨らむ。

その結果、空気をたっぷり含んだふわふわの生地が出来上がるのだ。

ふわふわのパンケーキなら、弱った体でも美味しく食べられる。

実際、彼女はホットチョコレートもパンケーキもしっかり平らげた。

「ごちそうさま。こんなに美味しい食事が逃亡先でできるなんて思ってもみませんでした。ルーグ様は料理もお上手ですね」

「趣味だからな。うん、だいぶ顔色も良くなった。……そろそろ、話を聞かせてもらっても大丈夫か？　女神……いや、女神様は君の体を使って魔族と何を話していたんだ？」

「実のところ、話は覚えていても、私には女神様がおっしゃっている意味が、よくわからなかったのです」

申し訳無さそうに彼女は顔を伏せる。

「覚えている限りでいい、聞いたままを教えてほしい」

むしろ変に解釈を入れられるとノイズになる。

意図的に変な言い回しを使われていることも考えられるため、原文のほうが都合がいい。

「はいっ。では、聞いたままを。女神様はこうおっしゃってました。『私は邪魔をしないから、あなたも邪魔をしないで』『お互い、待ち望んだ約束の日はすぐそこ』『此度《こたび》の勇者がここまで使い減りしていないのは問題です』……です」

「魔族のほうは何を言った？」

「女神様の提案を受け入れると、それから勇者の件も手を打つと言っておりました……それから、中立を守れとも言っていました」

「中立か。面白い表現だ。魔族にとって女神様はそう見えているんだな。敵でも味方でもない傍観者か」

いろいろと気になるワードがある。

女神の言う邪魔とは何を指す？

約束の日というのもそうだ。魔族のことだけを考えると魔王の復活だと考えるべきだが、それを女神が待つ理由がわからない。

最後に、勇者が使い減りしていないという言葉。これは俺が活躍してエポナが魔族と戦わないせいだろう。だが、逆に言えば勇者という存在が消耗品のように聞こえる。

また、使い減りしていないことを咎《とが》めているのもポイントの一つ。

あれだけの力に代償がないわけはない。使い減りした先に何があるかを含めて気になるところだ。

勇者を殺すという一点だけを考えるなら、俺のように魔力の回復力が高いのではなく、勇者という存在があくまで圧倒的な瞬間出力を誇るだけで、使った力が戻らないのであれば、それはエポナを殺すという選択をする際に突破口になりえる。

その後もなるべく詳しい情報を集めていく。

「ありがとう、参考になった」

「お力になれて幸いです」

「もう一つ、わからないことがあるんだ。どうして、君は命の危険を感じたと言ったんだ？　女神様と魔族の話では、君に危険があるようには聞こえないが」

そう、今聞いた話の中でアラム・カルラのことに触れる話題はなかった。

「魔族だってわかる前から教主様には脅されていたんです。俺の言葉を女神の言葉だと言って民に告げろと……逆らえば私を殺して都合のいいアラム・カルラを用意するって……ずっと、拒み続けてきました。女神様に助けてって祈りました。でも、女神様は声を伝えるだけで助けてくれなかった！」

女神はおそらくアラム・カルラ、いや、ミルラという少女になんの興味もない。代わりはいくらでもいると考えている。あれの本質は世界を維持するための機械。個人に思い入れなどない。

それは俺に対してもだ。俺よりも使える駒があれば、女神は簡単に俺を切り捨てるだろう。

「魔族と話したときも、私のこと何も言わないで……女神様は助けてくれないって思い知らされて……昨日なんて、私の従者が教主に殺されて、次は私だって脅されてっ、だから、屈してしまいました。今朝、魔族の言葉を女神の言葉として伝えてしまったのです」

彼女はそう言って涙を流す。

一足、ほんの一足遅かったか。

「そのときは何を言ったんだ？」

「女神様は、ルーグ様に語りかけていないと、みんなの前で言ってっ。私は怖かったんです。死ぬことが、いえ、それ以上に、アラム・カルラじゃなくなることが……また、あんな生活に、ただのゴミに戻るのが。ごめんなさい、ごめんなさい」

涙を流しながら、アラム・カルラが自分で自分を抱きしめる。あまりにも強く爪を立てたせいで、落としきれていなかった白い染料が剝《は》がれていく。

「よく、今まで耐えたな」

「怒ら、ないんですか？　私、我が身可愛《かわい》さにルーグ様も陥れたのですよ？」

それは事実だ。

アラム教が俺を呼び出すタイミングで、女神の声が聞けていないという暴露をしたのは嵌めるため。

すでに俺は英雄から女神の名を騙《かた》る大罪人に落ちた。

俺が聖地にやってくると同時に異端審問が始まるだろう。

「悪いのは君じゃない、君を追い込んだ魔族だ」

「それでも……私は」

「もし、申し訳ないと思っているのなら力を貸してほしい……俺はあえて、奴《やつ》の罠《わな》に挑むつもりだ。異端審問を受ける」

そして、その罠を真正面から打ち破る。

「そんな、自殺行為です。審問と名がついていますが、ただレッテルを貼って、断罪するだけです。話を聞くつもりなんて、向こうには一ミリもないのです」

ああ、知っている。

宗教とはそういうものだ。

権力者たちは己のメンツを大事にする。宗教家というのはその傾向がより強い。

己の間違いなど絶対に認めないいし、認めるわけにはいかない。嫌疑をかけた時点で有罪だと決めている。有罪でなければならない。

それは教主だけじゃない、この異端審問に関わった全員が同じ認識だ。

まともにやれば、勝ち目など存在しない。

「普通ならな。だから、普通にはしない。君の力が、女神の依り代たる本物の君の力があれば勝てる。断言しよう、教主はもうとっくに君の後釜を用意しているよ。君はもうアラム・カルラじゃない。奴らは君を取り戻そうとはしないどころか、暗殺者を差し向ける」

使いにくい神輿《みこし》を使うよりはいっそ潰して、新しい神輿をあてがったほうがいい。

彼らにとって、女神の声が聞こえるかなんてどうでもいいのだから。どんな人形だろうと、教主が女神の声が聞こえていると言えば、聞こえていることになる。

アラム・カルラ本人以外、その真偽を確認することなどできないのだから。

「私は、そんな」

彼女は逃げるときにそこまで考えていなかったのだろう。

自分の価値を疑っていなかった。女神の言葉を聞けることの意味を過大評価していた。

もし、こうなるとわかっていたら俺の手を振り払ったかもしれない。

そんな彼女を追い詰めるような話をしたのはわざとだ。

こうして話をしているうちにアラム・カルラはかなり強《したた》かな女性だと理解した。

俺に迷惑をかけて申し訳ないと言って謝った。だが、その瞬間までまったく彼女は俺に対し後ろめたさを見せていない。

もし、本当に心優しい女性であれば、俺をひと目見たときから罪の意識を覚えて、それが態度に現れただろう。

（だが、彼女が罪悪感を見せたのは、俺に謝ってから）

意識して、行った演技である証拠。同情を買うことで許されたいという打算が見える。

「殺されると脅されるまで庇ってくれた。その気持ちだけで十分だよ」

彼女に笑いかける。

すべてわかったうえで、彼女の思い通りになっているふりをした。

ついでに言えば、彼女が魔族に脅されても偽の神託をしなかったのも俺のためじゃない。

女神の代弁者であるという自分の価値を貶《おとし》めないためだ。

嘘《うそ》をつく度、アラム・カルラの価値に傷がつくと本能的にわかっていたし、女神の不興を買うことを恐れた。

嘘を言うのは簡単だが、それをやればアラム・カルラという役割は誰でもできるものに成り下がるというのは自明の理。

アラム・カルラがアラム・カルラであるためには、正しく女神の言葉を伝え続けるしかない。

（ようするに、彼女は打算で動く人間だ）

彼女相手にするべきは情に訴えることじゃなく、彼女のメリットを示すこと。

即《すなわ》ち、彼女がアラム・カルラとして振る舞う障害となる教主の排除と、今までどおりアラム・カルラでいられるようにする環境を作れると口にすること。

だから、そうしている。

こういう人間のほうが扱いやすい。

「君がアラム・カルラに戻りたいなら異端審問の場に現れる教主の偽者を俺とともにねじ伏せるしかない。そうできるシナリオと準備が俺にはある」

すでに、アラム・カルラによって俺が糾弾されてしまったのはきつい。だが、想定していたシナリオの一つにすぎない。

戦いようはあるし、逆転のために必要な布石は用意してある。

「わかりました。私は戦います。罪滅ぼしのため、それから、私自身のために……やっぱり、私はアラム・カルラでいたい。もう、あんな日々に戻りたくはない」

驚いたな、ここで本音のほうを言うとは。

優しく微笑《ほほえ》みかけて、肩に手を乗せる。

「よく覚悟を決めてくれた。一緒に戦おう」

「はいっ！」

さすがの俺も、本物のアラム・カルラというカードなしに異端審問に挑むのは無謀だった。

だが、こうして彼女が手に入った。

彼女が手に入れれば、打てる手は一気に増える。

まずはその第一段階として、女神にアラム・カルラが招かれたという噂《うわさ》を強烈に広げている。発生源を彼女の従者たちだと印象づけながら。

口紅で壁に書き残したあのメッセージが、俺たちの命綱になる。

それがなければ、それこそアラム・カルラ殺しの罪まで俺が背負うことになっていただろう。

ネヴァンは、頼んだ仕事をやってくれているだろうか？　大聖堂の中に諜報員《ちょうほういん》を忍び込ませているなんて、さすがローマルングだ。

アラム・カルラをさらい、彼女の残したメッセージを握りつぶされる前に広めるというのは、ローマルングの協力をもって行う手はず。

ある意味これも戦いだ。総力戦で挑ませてもらおう。

Episode15

第十五話——暗殺者は帰還する

The world's best assassin, to reincarnate in a different world aristocrat

アラム・カルラをセーフハウスに保護し、外に出るなと言いつけたあとは学園に戻った。

寮の屋上に着地する。すでに月が空で輝いていた。

俺は誰にも見られていないことを確認し、窓から自室に戻る。

そして、勉強道具を取り出し出かける準備をする。

これから定期勉強会に参加する。

もともとは成績が低空飛行していたエポナに勉強を教えるために開催したものだが、今ではSクラスのほぼ全員が参加している。

これに参加すれば、アリバイはできる。

飛行機なんてものは概念すら存在しない世界だ。常識で考えれば……いや、常識すら捨てて勇者エポナクラスの身体能力があったとしても半日で聖地と学園を往復するなんて真似《まね》はできない。

少なくとも、アラム・カルラをさらったと疑われることはないだろう。

◇

翌日、俺は授業のあとにエポナに呼び出されていた。

彼女は女神がいずれ世界を滅ぼすと予言した勇者であり、俺は彼女を殺すためにこの世界に呼ばれた。

にもかかわらず、俺は彼女を殺さないで済む方法を模索して今にいたる。

彼女は相変わらず男性用の制服を着て男として振る舞っている。

美少年にしか見えないが、素材がいいので女性として振る舞う彼女も見てみたいとも思う。

俺は彼女に微笑みかける。

「どうしたんだ、急に呼び出して」

もともと、エポナに近づいたのは打算から、勇者に近づき情報を得るため。そして、いざというとき油断させ殺しの確率を上げるためだった。

だが、今は本当の友人だと思っている。

「……友達相手に、隠し事はしたくない。だから、ルーグには単刀直入に言うよ。今朝、教会の人に君が自分の言葉を女神の言葉だって騙って世界を混乱させようとしているって聞いた。他にもたくさん君の悪口を聞かされた。明日、君を聖地に招いて魔族を倒した君を称えるっていうのは嘘で、本当は異端審問で君を裁くって。命令も受けたんだ。君が逃げないように見張って、もし君が逃げようとしたら力ずくで止めろって」

教会側の動きがやけに早いな。

アラム・カルラの話では、昨日の朝にアラム・カルラの口から女神は俺に声をかけてないと宣言したらしいが……。

伝書鳩《でんしょばと》を使い、学園に待機している教会側の人間に指示を出すことは可能だが、それを考慮してなお早すぎる。

仕込み自体はだいぶ前からしていたということか。

……今回の魔族は知恵が回る。勇者エポナであれば俺を始末できるし、俺を相手にすれば勇者エポナは消耗する。

邪魔者を始末しつつ、勇者を使い減らしできるのなら、最高だろう。

「僕は正直に答えた、ルーグにも正直に答えてほしい。君は嘘をついているの？」

「嘘なんてついていない。アラム教が嘘をついている」

俺の言葉を聞いたエポナが、表情を柔らかくして、大きく息を吐いた。

「そっか、安心したよ。これで僕は胸を張って君の味方ができる」

「信じてもらえるのはありがたいが、そんなにあっさりと信じていいのか」

俺の問いかけにエポナは笑顔のまま頷《うなず》く。

「君は僕を救ってくれた。君がいなきゃ僕は戦えなくなってた。だいたいだよ。君はもう何体も魔族を倒して、何度も街とたくさんの人を救ってきた。大聖堂でふんぞり返っている人たちの何倍も信頼できる。そんな君が本当だって言ったら本当だよ」

苦笑してしまう。

エポナはよくも悪くも染まっていない。

世界宗教とも言われているアラム教の影響力は絶大だ。だからこそ、たとえどれだけ間違ったことを言っていようと咎《とが》められない。彼らの機嫌を損なえば、貴族であろうと立場が危うくなるため逆らえない。

そういう計算をできている奴《やつ》らはまだマシだ。

アラム教の教えは正しい。そう幼いときから刷り込まれ、それが常識になっている連中は最悪だ。理屈もなにもない。言葉が通じない。

宗教の厄介なところはそこだ。理屈ではなく心で民を動かせる。

「信じてくれてありがとう。エポナを敵に回したらって考えるとぞっとする」

未《いま》だに真正面からの戦闘でエポナに勝つことは不可能。逃げられるかも怪しい。

(にしても、教会の力は凄《すさ》まじいな)

王都の豚どもは己の命可愛《かわい》さに王都付近にエポナを張り付けていた。

だからこそ、俺が聖騎士となり、各地に現れる魔族対策に奔走する羽目になった。

だというのに、彼女を聖地に派遣させるとは。

王都の豚の自己保身より、教会の権威が上回っている証拠。

それだけ敵が強大な組織だということでもある。

「もう、安心なんてしないでよ。異端審問なんだから！　どうしよっか、えっと、逃がしてあげようか？」

「何もしなくてもいいさ。俺は異端審問を受けるつもりだ。正々堂々とその場で疑いを晴らす」

もっとも注目を浴びる場はそこだ。

そこから逃げれば、俺に貼られたレッテルが剝《は》がれることはない。

「そんなこと、できるの？」

世間知らずのエポナでも、異端審問がどういうものかは理解しているらしい。

あそこは、話し合いでも真実を確認する場でもない、ただ断罪し、さらし者にする場所だ。

「できる。でも、そうだな、俺が殺されそうになったときには、助けてくれないか？」

「もちろんだよ」

「……頼んでおいてあれだが、それが世界を敵に回すってことを理解しているのか？」

少し、不安になったので問いかける。もし、エポナがアラム教の力を過小評価しているのなら、きっちりと教えておかないとならない。

勘違いしたままのエポナを利用するのは、友人のすることじゃない。

「わかっているよ。でも、友達は守らないと……それにね、ルーグには約束を守ってもらわないと。僕が、僕じゃなくなったら殺すって言ってくれたでしょ。それができるのルーグしかいないから。殺されたり、捕まったら困るよ」

オーク魔族との戦いで生徒を巻き込み、もう戦いたくない、自分が自分でなくなるのが怖いと泣いたエポナに俺がそう約束した。

「そうだったな」

「忘れてたら怒るよ」

「忘れるものか」

俺はそのためにこの世界に呼ばれたのだから。

俺は友人として、エポナが世界を滅ぼさないように全力を尽くす……そしてそれでも駄目なときは、大切な人と、エポナ自身のため、もう誰も傷つけないと涙を流した彼女のために殺す。

「じゃあ、僕は行くよ」

エポナが立ち去っていく。

俺はそれを見送り、貼り付けた笑顔の仮面を捨てる。

「……いい子なんだが、詰めが甘いな」

そう嘆息すると、俺の後ろでどすんっと重い音がした。

縄で縛られ、口に布を詰められた細身の男だ。

そして、控え目な足音が近づいてくる。

「びっくりしました、ルーグ様が言う通り、ルーグ様たちを監視している人がいるなんて」

遅れて制服姿のタルトが現れる。

タルトには、俺たちのあとを付けるように頼んでおり、もし俺たちを監視するものがいれば捕獲するように頼んでいた。

いわゆる二重尾行。

監視を行う際、ターゲットに意識を割きすぎて、自身には隙ができてしまうことが往々にしてある。……もっとも、そういう連中は二流だが。

悲しいことに、俺とエポナを見張っていたのは、そういう二流の類いであり、容易くタルトに捕まった。

倒れている男の様子を見る。

……いや、今回に限っては、監視者が二流というわけではないらしい。

「腕を上げたな」

「ほえ？」

「傷は後頭部に一箇所だけだ。背後から一撃で無力化した証《あかし》。それも近づいていることに気付かれていない。彼はプロだ、そのプロ相手にそんな真似ができるのは誇っていい。タルトぐらいの年齢で、これだけの技を持っている子はそうはいない」

監視者が二流だったわけではなく、タルトが超一流だっただけだ。

「そ、そんな、ルーグ様にいっぱい教えてもらったからですよ」

「それだけなら、こうまでできない。よくがんばった」

前世では、引退して教官に専念するように言われる前も、何人もの生徒を育てた経験がある。

彼女以上にセンスがある生徒はいくらでもいたが、彼女ほど成長した生徒は一人しか知らない。

……陳腐な言葉だが、彼女は努力の天才だ。

そんな彼女の頭をなでてやると、タルトが顔を赤くして身を任せてくる。きりっとした表情を作ろうとして、それでも表情が緩んでいく。そんなところがタルトらしくて可愛い。

頭から手を離すと名残惜しそうにタルトが離れていく。

「さて、こいつの処理をしよう」

縛られた男が恨めしげに俺を睨《にら》んでくる。

タルトは、情報源を殺すような間抜けではない。きっちり生かしてある。

彼のような監視役が手配されるのは読めていた。

俺を止められるのはエポナぐらいしかいないため彼女を使うしかないが、エポナと俺は友人だ。

向こうもエポナがアラム教を裏切る可能性は考慮している。ならば、監視をつけるのは当然の用心と言える。

……そして、当然の用心だからこそ読みやすい。

「タルトには昔授業で話したよな。宗教の危険性と有用性について」

「はいっ、いきつくところまで行った信者さんは思考を放棄して、宗教がすべて正しいと思い込みます。考えるというアプローチを飛ばすから言葉も通じない。道具として使う分にはとても便利ですけど、敵対した場合は人間じゃなくて、獣だって思うべきだって」

「そのとおりだ。そして、タルトが捕らえたのはそのいきつくところまで行った信者だ」

「むぐっ、むぐぐっ、むぐ」

男が暴れる。

彼は絶対に、自分がアラム教の手のものだと話すことはない。

諜報員《ちょうほういん》が自らの身元を話せば、組織にダメージを与える。そんなことを彼が許せるわけがない。

「どうしてそんなことわかるんですか？」

「匂いだ。アラム教には特別な香がある。莫大《ばくだい》な寄付か、多大な貢献をしない限り与えられない香の香りがこの男に染み付いてる」

もともとそれは、信者に優越感を与えるために考えられたものだ。どこの宗教も、熱心な信者を作り出すプロセスに階級を用いる。それもできるだけわかりやすく。

優越感がより宗教にのめり込ませるのだ。

組織の中で、俺はあいつよりも貢献した、あいつより認められている、その感情は何よりも忠誠心をかきたてる。

捕らえた監視員は金ではなく、貢献でその特別な信者になったのだろう。

ただ、惜しむべきは香という形にしたこと。わかりやすい勲章としては優れているが、諜報員が自分に目印を付けるなんて愚かとしかいいようがない。

「さすがはルーグ様です！　でも、いきついた人なら、生かしても、情報、教えてくれませんよね……この人、殺しちゃいますか？　エポナさんがルーグ様の味方だって知られたらまずいですよね？　ルーグ様がこの前学園に作った工房の炉なら、一瞬で灰にできて処理も楽です」

「むぐっっっ、むぐうううううっ、むぐぐぐぐぐ」

可憐《かれん》な美少女のタルトからこぼれたひどく物騒な言葉を聞いて、男が暴れる。

「それはしない。彼が行方不明にでもなったら、何か起こったって疑われる。どうすればいいか考えてみろ？」

「諜報員が姿を消したら、そのこと自体が大きな情報になる。

「難しいです。お友達になってもらうのが一番ですけど……この人、お話通じないですし……拷問しても、神様のために痛みに耐えてる自分すごいって喜んじゃうんですよね？その、ごめんなさい、ギブアップです」

「六十点をあげよう。友達になってもらうのは正解だ。こちらに都合のいい情報を流してもらう」

「どうやるんですか？　懐柔も拷問もできないのに？」

「それは見て覚えてくれ。こういう授業は久しぶりだ」

最近、魔族対策がほとんどでトウアハーデの裏の仕事から離れていた。こういうダーティなものはご無沙汰だ。

とはいえ、俺の本職は暗殺貴族トウアハーデ。

こんないい教材を使わない手はない。

「がんばって、覚えますね！」

タルトは天才ではない。

だが、努力家で素直。

きっと、また一段階成長するだろう。

さてと、いろいろと準備が必要だ。

タルトがさきほど言った通り、こういう連中は言葉が通じないし、苦痛にも強い。正攻法では厳しい。

だから、人間の体、とくに脳の構造を利用する。

感情と反応の違い。生物的にどうにもならない部分を使えば、どうとでもできる。

前世の技術にこちらの魔術を融合したことでより効果的な手法が出来上がっている。

彼には悪いとは思う。

だが、あいにくと俺を嵌めて、世界の敵とレッテルを貼り、嘲り殺そうとする連中に対して手加減するほど、俺は優しい人間ではないのだ。

Episode16

第十六話　暗殺者は出発する

The world's best assassin, to reincarnate in a different world aristocrat

Sクラス生徒全員、それからAクラスの成績上位者を乗せた馬車が出発した。

表向きは、魔族を倒した功績で俺、ディア、タルトの三人が聖地で表彰されることになっている。

世界宗教とも呼べるアラム教、それもアラム・カルラ直々に……ということで、生徒たちは興奮している。

（もっともあくまでそれは表向きの話だが）

すでに、教主のふりをした魔族の謀略で、アラム・カルラが俺は女神の声など聞こえていない、女神の言葉を騙《かた》る不届きものと流布されてしまっている。

女神の言葉を騙るというのは重罪だ。アルヴァン王国だけでなく、この大陸のほとんどの国で犯罪者扱いされる。

（隠しているのなら、もっと自然に振る舞えばいいのに）

思わず、苦い笑いが漏れてしまう。

俺はディア、タルトと引き離されているうえに、両隣には勇者エポナと、そのパーティであるノイシュ。他にもこの馬車には教官たちのなかでもトップクラスの実力を持つものがいる。

ようするに、俺が逃げないように警戒している。

さらに言えば、ディアとタルトを引き離したのは戦力を分断させると同時に、行動を封じるため。

一人で逃げれば、残り二人が何をされるかわかったものじゃない。つまり、俺たちそれぞれに、自分以外が人質にとられているようなもの。

「ルーグ、けっこうな長旅になるね。僕はずっと王都にいたから、馬車なんて久しぶりだよ」

エポナは何気ない雑談をしているのだが、表情が硬い。

前から思っていたが、エポナは演技が下手だ。

というより、圧倒的な強さを持つ以外、たいていの能力は並かそれ以下。

このアンバランスさが逆に勇者らしい。

「俺は逆に、各地を飛び回ってたからな……馬車はもううんざりだ」

「ルーグは僕たちの代わりにがんばってくれたからね……ごめん」

「すまない、そういうつもりで言ったわけじゃない」

エポナがぺこぺこと頭を下げているのを見て、タルトを思い出した。

それを見ていたノイシュが肩をすくめる。

「王都の保身好きの豚には呆《あき》れるよ。勇者の持ち腐れさ。もし、ルーグくんがいなければと考えるとぞっとするね」

魔族は【生命の実】を作り出し、魔王を復活させるために行動する。

【生命の実】は千を超える人間の魂。

ゆえに、大都市ほど狙われやすく、勇者不在時に王都が狙われ、自身の命と財産を奪われることを恐れた豚どもによって、勇者エポナは王都に釘付《くぎづ》けにされたのだ。

もし、エポナが自由に動ければ、俺が魔族と命がけで戦う必要もなかったかもしれない。

(それこそが、何かしらのイレギュラーを引き起こしている)

アラム・カルラが話していた、女神と魔族との会話『今回の勇者は使い減りしていない』。

本来なら、いかに王都に勇者を縛り付けようとしても、魔族を倒せるのは勇者しかいない以上、どこかで必ず勇者の出番がやってきた。

しかし、今回は俺がいる。ありとあらゆる文献を探しても、かつて勇者以外に魔族を倒したものはいない。

「そうだな、俺もうんざりだ。【聖騎士】なんて役職は放り出してしまいたいな」

「ふっ、ルーグくん以外がそれを言うと嫌《いや》みに聞こえるけど、君は本当にそういうの興味ないからね」

「僕、なんとかえらい人説得するから……ルーグにばっかり無理させられない」

俺としては、勇者にがんばってもらいたいところなので、止めはしない。

俺が魔族と戦うメリットなど、実戦経験を積めることぐらいだ。

その実戦経験も十分だと最近思える。

そうして、俺たち三人はただのクラスメイトのように雑談で盛り上がる。

とても、勇者と罪人と魔族の従者なんてふうには見えなかった。

◇

夜になり、野営をすることになった。

馬は夜目が利かないし、途中立ち寄った街で馬を換えたとはいえ、馬の体力にも限界がある。

今回使う馬車はいわゆる寝台馬車で、スペースが広く、折りたたみ式の二段ベッドも用意されているため、馬車で寝泊まりができる。

タルトとディアの様子が気になり、会いにいこうとしたが許可が下りなかった。

心配はしていない。

そもそも、【私に付き従う騎士たち】で強化された彼女たちをどうにかできるような相手は、それこそ俺のそばにいるエポナとノイシュぐらい。

教官たちが連係してくれれば、戦って勝つことはできないまでも逃げることは可能。暗殺者の助手である彼女たちには戦闘以上に、隠密《おんみつ》行動を叩《たた》き込んだ。強くなることよりも生き残ることこそが、重要なのだから。

食事が終わり、することもないので馬車に戻って眠ろうと考えていると、ノイシュに手を引かれた。

「星を見にいかないかい？　このあたりは僕の領地に近くてね、よく見えるポイントを知っているんだ」

俺を監視している教官たちがぎょっとした顔をして、警戒心を強める。

ノイシュは彼らを目で制する。

「ああ、いいな。ここから見える空は、トウアハーデとは違う」

星を見ようというのは建て前。二人きりでないとできない話をするつもりだろう。

◇

少し歩いたところは湖のほとりだった。たしかに美しい星空を楽しめる。

星空が映った湖面が美しい。

ノイシュが俺に笑いかけて、人差し指を唇に当てた。

俺はそれを見届け、唇を動かさず独自の発声法を行うことで見た目からではわからないように魔術を使う。

それは俺とノイシュを包む、空気の流れを遮る膜。

音というのは空気の振動、それを抑制すれば音は聞こえない。

つまり、外にいながら防音室にいるようなもの。

俺とノイシュは教官たちによって監視されているが、これで話が盗み聞きされることはなくなった。

「もう何を話しても大丈夫だ」

「便利だね、その魔法。僕にも教えてくれないかい？」

「ノイシュは風の適性がないから、無理だな」

「それは残念」

風は何かと使い勝手がいい属性だ。俺は四属性を選んだが、仮にどれか一つを選ばないといけないとなれば、俺は風を選ぶ。

「それで、リスクを背負ってまでしたい話はなんだ？」

「ああ、それだけどね。これは罠《わな》だよ。聖地に着くまえに、君は薬を盛られて眠らされて、絞首台の上で魔女裁判」

「だろうな、なにせ今や俺は女神の名を騙った不届きものだ」

魔女裁判というのはこの世界でも行われたことがある。

魔物が人にばけて紛れ込んでいるなんて噂《うわさ》に踊らされた結果だ。

世界が違っても、似たようなことが起こるのは、おそらく人間というのは疑心暗鬼によって正気を失う生き物だからだろう。

「……そこまで知っていたんだね」

「まあな、ついでに言えば今の教主が魔族だってことも知っている」

「エポナが漏らしたってわけじゃないようだね……やっぱり、僕の騎士団に君がほしい」

ノイシュが作り上げた騎士団、才ある若者だけを集めた、彼の夢を叶《かな》えるための組織。

それを否定したことが、ノイシュを追い詰め、蛇魔族ミーナの誘惑に屈する原因を作った。

「その答えは変わらない」

「僕も誘うつもりはないよ。君はずいぶんと遠いところにいった。君は僕の器に収まらない……もっとも今はだけどね」

「そうか、話はそれで終わりか」

「違うよ。君にアドバイスだ。教主に化けている魔族、その二つ名は人形遣い……ミーナ様から伝えるように言われているんだ」

「ありがたい情報だ……人形遣い、そんな奴《やつ》はどんな文献にもなかった……」

「まあ、そうだろうね。人形遣いなんだから」

人形遣い、その名前から連想するのは人形を操作する能力。

本人は隠れ、人形に戦わせて来たのだろう。

思い当たる節がある、八柱の魔族のうち七柱は、各時代に描かれた内容に整合性がある。

だが、一柱だけ時代ごとにまったく違う。それこそ、まったく別の存在のように。

人形遣いと呼ばれる通りの能力であれば、それにも合点がいく。文献に描かれているのは人形遣いではなく、人形だったということだ。

「情報はそれだけか？」

「うん、それだけだね。期待外れだったかい？」

「いや、十分だ。情報がなければ致命傷になりえたよ」

魔女裁判にかけられるのは想定内だった。

そして、魔女裁判の中で教主を殺し、魔族の再生能力を見せつけることで相手が化け物だと証明するというプランが存在した。

魔族の再生は強制的かつ自動的に行われる。

オーク魔族との戦いで様々な検証をした。その中で、頭を吹き飛ばしても再生するかを試した。

脳みそがなければ思考できない、それでも再生するのは思考が介在しない証拠。

頭を吹き飛ばして、再生が起これば誰がどうみても化け物だと気づく。

しかし、相手が魔族ではなく、魔族に操られた人形であれば話は別だ。

俺はただの殺人犯になり、社会的に殺されていた。

「ミーナ様も喜んでくださるよ。これからもいい付き合いをしたいと言っていたからね」

「ああ、俺も俺の義務を果たす」

少なくともまだ蛇魔族ミーナは俺を利用するつもりらしい。

さて、あの教主が人形だったことで、プランの一つは使えなくなった。

しかし、逆に人形ならばこそできることもある。

それを利用するプランを考えておこう。

もともと、教主を殺して再生させるプランも優先度はさほど高くなかった。新たなプランもけっして第一候補にはしない。

これらは単純にリスクが高いからだ。

正攻法で済むならそれが一番いい。

それでもなお、そういったプランは全力で練る。

暗殺という仕事において、想定外のことなどいくらでも起こりえる。だからこそ、バックアッププランを入念に練っておく。

頭の中で、作戦プランを練り上げていく。

さらにそのプランの成功率、リスクを踏まえ、既存プランと比較をして優先順位をつけていく。

(ディアとタルトにも伝えておかないとな)

俺たちはチームで動く、俺だけがプランを知っていても意味はない。

「ノイシュ、そろそろ戻ろうか、冷えてきた」

「ああ、そうしようか」

ディア、タルトとは隔離されている。

それでも、情報を伝えることはさほど難しくない。

通信機がある。あれは二キロ以内であれば大型の設置型がなくとも通信が可能。

なによりも、通信機というのはこの世界において概念すら存在しない。例えば、目の前でこれ見よがしに使っても問題ない。

二人の状況を確認しつつ、新たなプランをしっかりと伝えておこう。

Episode17

第十七話 暗殺者は再び聖地へ

The world's best assassin, to reincarnate in a different world aristocrat

翌日は早朝から、馬車は出発した。

どうやら、タルトとディアはそれぞれ別の馬車に乗っており、俺の馬車から数百メートル離れたところで野営していたらしい。

二人にも監視がついているが、俺ほど厳重ではない。

俺たちはチームで活動しているが、それでも特別な力を持っているのは俺だけだと考えられているようだ。

とは言っても、上級生のSクラス……具体的にはネヴァンを中心としたトップチームが担当している。

(なるほど、ネヴァンに協力を要請したときに二つ返事で了承したのは、これが理由か)

今回の魔族との戦い、ネヴァンにも協力要請をしてある。すでに、嵌《は》められている状況から逆転するには、俺たちだけでは手駒が足りない。

なにせ、俺だけでなくディアとタルトも監視されている以上、自由に動ける存在が必要となる。

誰でも良い訳ではない、今回の事情を理解していて、なおかつ味方してくれる人物でないといけない。

それに該当するのはネヴァンしか思いつかない。

ただ、ネヴァンに協力を求めるのもまた難しいと思っていた。

騎士学園の上級生ともなれば、ほとんど現役騎士と変わらずに様々な任務を受けて学園を留守にしていることが多い、いかにローマルングの令嬢といえども無視はできない。学園にいる間は、公爵家の威光も使えない。

にもかかわらず、俺の協力依頼を受けられたのは元から聖地に来る用事があったから……もっともそれがディアとタルトの監視だが。

(監視というのは都合がいいな。なにせ、ディアとタルトがネヴァンにこちらのプランを自然に伝えられる)

そして、今は昼食のタイミングで休憩をしているのだが、少々、頭が痛くなった。

(トウアハーデにこんな粗末な薬の盛り方をするなんて舐《な》められたものだ)

昼食のスープに、睡眠薬と筋弛緩剤《きんしかんざい》が混ぜられているのだが、匂いが存在するタイプ。

そもそも、野営でスープものが好まれるのは手間がかからず、一度に大量に作れるからで、それをわざわざ俺の分だけ別の小鍋で作れば疑ってくれと言っているようなものだ。

タルトに薬を盛らせれば、味と匂いが少ない薬を選ぶだろうし、味と匂いを隠すために香りと味が強いスープを選ぶぐらいはする。

呆《あき》れを押し殺しながら、スープを口に含む。

味わいながら、毒のタイプを推測する。

もともと幼少期から毒を摂取し、体に抗体を持っているうえに【超回復】で短時間で解毒してしまう。

この程度の毒を摂取したところで何の問題もない。

だが、薬が効かないとなれば俺を無力化するために、手荒な行動をしてくるのは目に見えている。

エポナが俺の潔白を信じてくれている以上、実力行使は怖くない。……怖くないが、今後の生活に支障をきたしてしまう。

だから、わざわざ一般人ならどういう効果が出るかを推測する。そして、その通りの演技をしていく。

効き始めはおおよそ十分後、体がどんどん重くなり、視界が霞《かす》みはじめ、指一本動かせなくなり、やがて眠りにつく。

その推測通りの反応を見せる。

何の疑問も抱かず、教官たちが俺を拘束していく……狸寝入《たぬきねい》りをしていることにも気づかずに。

（魔力持ち用の拘束具【魔術士殺し】、本格的に犯罪者用、それだけじゃ飽き足らず、経口摂取のより強力な筋弛緩剤）

魔力持ちというのは、素手でも兵器を持っているのと変わらない。

牢屋《ろうや》に入れられたところで、魔法一つで簡単に脱獄できる。

ならばこそ、専用の拘束具が開発された。

それは、練り上げた魔力を拡散させてしまう類いのもの。一流の魔力持ちですらろくに魔法を使えない。それが三つ。

……まあ、そんなものを使われたところで俺は魔術を使えるのだが。魔力を分散させる効果は強力、だが分散された魔力は周囲の空間に漂っている。

俺は、【式を織るもの】の効果でいくつもの魔法をディアと開発していた。ならばこそ、魔力持ちの天敵である【魔術士殺し】対策の魔法を開発した。

それすなわち、【魔術士殺し】で大気中に散らされた魔力を集めて運用する魔術。それで、【魔術士殺し】を破壊できる。

（【魔術士殺し】のほうはいつでも破壊できるからいいとして、問題は筋弛緩剤のほうだ）

それは俺の毒物耐性と【超回復】で対応できないということではない。……効いているふりをするのが極めて難しいということ。

（これだけ強力な薬だと、膀胱《ぼうこう》と括約筋も緩んで、尿も便も垂れ流し状態になる……そうしないと効いていないとばれるかもしれない）

前世なら、なんの抵抗もなかった。

だが、今の俺はそういうことをしたくない。

ディアやタルトの前で醜態は晒《さら》したくない。そんな弱さができた。

まったく、人間らしくなるというのも考えものだ。

◇

結局、その後、しっかりと漏らした。プライドよりも、薬が効いている演技を優先した。

やはりどう考えても、あの類いの薬を摂取して漏らさないほうがおかしい。

幸いなことに、すぐに下着とズボンを換えてもらえたがそれはそれで屈辱ではある。

そして、面白いことに意識を失ったふりをしていると、どんどん情報を漏らしてくれる。

街に着くと俺は教会に引き渡され、そのまま魔女裁判を受けるらしい。そして、結果次第では処刑……となっているが、教会の権威を考えるともう処刑は既定路線。

教官たちの誰もが、教会のことを妄信しているわけではないようで、俺を庇《かば》うべきだと考えているものもいるようだ。

ただ、国からの命令だからこそ軍人として逆らうわけにはいかない。そういう考えをしている。

(教会からの指示を真に受けて俺を差し出すか……王都の豚どもはわかっているのか？　俺がいなくなれば、エポナを王都に留《とど》めることができなくなると言うのに)

よほど世界宗教が怖いらしい。

俺は命がけで魔族を倒し、功績を残してきたのに、ここまであっさり切られるとやるせなさはある。

かつて、父さんが言った言葉を思い出す。『トウアハーデはアルヴァン王国の病巣を断つ刃だ。我らはその誇りを胸に正義を貫く……だが、国は我らを消耗品としか見ていない。必要があれば、切り捨てる』。

初めからわかっていたことだ。暗殺者とはそういうものだから。

これほど割に合わない仕事はない。

それでもなお刃を振るうのは、トウアハーデ領を、両親が、ディア、タルト、マーハが住んでいる、そんな俺の居場所を守りたいから。

この仕打ちを受けてなお、その信念は揺るがない。

だからこそ、その国に切り捨てられようと、己の信念に基づいてやるべきことをやる。

それはすなわち……。

（ああ、切り落としてやろうか。病巣を……俺は、俺と俺の大事な人のために害虫を駆除してやる）

その想《おも》いを刃と化して胸に秘め……そのまま、教会に引き渡された。

教会ではさらに別の薬を打たれた、高揚剤と酩酊《めいてい》剤さらには多量のアルコール。

常人であれば、まともな会話などはできない。まるで熱に浮かされて、理性がぶっとんだ、……そう悪魔が憑《つ》いたかのような言動しかできない。

その状態で、魔女裁判を受ければ結果は目に見えている。

おそらくそれが教会のやり方なのだろう。

どんな聖人も徹底的に痴態を晒し、その実績も信頼も地に落とすことで、教会の正しさをより広める。

よくできたやり方だ。

だが、残念なことに俺は薬が効かない。万全な状態で、魔女裁判に臨ませてもらおう。

Episode18

第十八話　暗殺者は魔女裁判に挑む

The world's best assassin, to reincarnate in a different world aristocrat

聖地の中央広場にはギロチン台が設置されており、それこそが魔女裁判の会場だ。

ギロチン台の後方には扇状にやたらと格式ばった椅子が用意されており、そこには着飾った教会のお偉方が五人並んでいる。

彼らこそが、この魔女裁判の検事であり、裁判官であり、陪審員。

検事と裁判官と陪審員が同じなんて、裁判としては欠陥もいいところ。

そして、それを見る観客、つまり聖地に住む住人もアラム教の熱心な信者。

つまりは、教会のお偉いさんを神の代行者として見ている。

ここまでひどい裁判を俺は前世ですら見たことがない。

服は囚人のそれに着せ替えられており、手には三重の【魔術士殺し】、ギロチン台に首が固定され……そんな状況で……。

「これより、女神の言葉を騙《かた》った重罪人、ルーグ・トウアハーデの異端審問を始める！」

ふむ、魔女裁判とは言わずに異端審問と口にしたか。

どちらでもいい。

相手は油断をしている、俺を嵌《は》めたと思っている。

アラム・カルラをさらったのは俺だと半ば気づきつつ、俺、ディア、タルトの動きを封じれば、その切り札を使えないと決めつけている。

その隙を突き……殺す。

それこそが暗殺者のやり方だ。

◇

観客から、裁け！　裁け！　と熱を帯びた声が叩《たた》きつけられる。

俺は周囲の状況を観察する。

監視がついている状況で、それでもディアとタルトはそれぞれの配置についている。

そして、ネヴァンはフードを被った女性と共にいた。サインを送ってくる。……首尾は上々。

教主は、六十過ぎ、その立場に相応《ふさわ》しい貫禄《かんろく》が身に付いた細身の男性だ。

ただよくよく見ると目に感情がない。

さらに驚いたことに、魔力を目視するトウアハーデの瞳でみると、まるで操り人形のように魔力の糸が心臓に繋《つな》がっている。

もう一つわかったことがある。教主の魔力は糸から流れ込むものがすべて。

魔力持ち以外は魔力を持っていないと思われているが、ただしくは違う。

外の生き物すべて。命があるものであれば、ごくわずかに魔力が流れている。それは人間以外の生き物すべて。だというのに、一切の魔力が彼からは生み出されていない。

（教主はもう死んでいる……）

人形遣いと呼ばれるのはそういうことか。

生き物を操る力ではなく、人形を操る力。

生かせるなら生かしておいたほうがいいのに、死体を動かしているのは、そういう能力の制約があると考えるべきだろう。

蛇魔族ミーナの情報は正しいと判断できる。

「罪状を読み上げる！　ルーグ・トウアハーデはあろうことか、女神に選ばれた存在であると妄言を放ちっ、傲慢な振る舞いをしてきたっ、これは許されることではない！」

裁けというコールがより激しくなる。

これが殺せじゃないだけ、さすがは世界宗教の総本山だけあってしつけが行き届いている。裁くというのがギロチンなのだから大差はなさそうだが。

「その証拠に我らが巫女《みこ》、アラム・カルラが女神によって言葉を賜った！　偽りの【聖騎士】を裁けと！　罪人、ルーグ・トウアハーデよ、申し開きがあるなら言ってみるがいい」

魔族がわざわざこんなめんどうなことをしてくる理由はいくつかある。

まずは、魔族にとって勇者以上の脅威となりつつある俺を排除すること。

そして、エポナを消耗させること。

いざ、処刑されるような状況になれば、俺が抵抗することを教主に化けた魔族、蛇魔族ミーナの言葉を借りるなら人形遣いは予想している。

そうなれば、俺と戦うのは勇者の仕事。

魔族の敵を排除しつつ、俺が魔族を倒してきたばかりに使い減りさせられなかったエポナを消耗させられる一石二鳥の作戦。

だからこそ、俺のやるべきことは前提を崩すこと。

幸いなことに、エポナは俺の友人であり、教主の言葉よりも俺の言葉を信じてくれた。

(人間らしく生きる、その選択をしたからこそ、エポナを殺す以外の道を模索し、友になった……そのことが窮地から俺を救ってくれた)

もし、ただ勇者を殺すことだけを考え、エポナを遠ざけていれば、エポナは教主に言われるがままに俺に剣を向けていただろう。

そして、もう一つの前提の破壊。

それをするには、このふざけた魔女裁判を終わらせる必要がある。

薬漬けにされてまともな反論などできない。そう、相手は思っているだろう。

その思い込みを利用するため、今までわざわざ薬に侵されている演技をしてやった。

死角から忍び寄り、隙を突くことこそが暗殺者の基本。

そして死角や隙はできるのを待つものではなく、作り出すものでもある。

さあ、仕込みの成果を披露するとしよう。


「【神威】」


三重の【魔術士殺し】が弾《はじ》け飛ぶ。【魔士術殺し】で大気中に散らされた魔力によって魔法を為《な》す【神威】の効果。

魔力が体に満ちれば、鎖など意味をなさない、鎖を引き裂き、ギロチンに固定された首を力ずくで外し、肩を回す。


「衛兵ども、罪人を取り押さえろ!!」


六人の衛兵が一斉に襲いかかってくる……ただの人間か、連係も取れている、腕も悪くない。

だが、今の俺の敵ではない。

躱《かわ》し、優しく関節を外して無力化していく。

数秒後には、立っているのは俺だけになった。

誰もが見惚《みと》れていた。あまりにも鮮やかな俺の手腕に。

俺はその状況で両手を上げる。

「勘違いをしないでくれ、魔女裁判……いや、異端審問か、それから逃げるつもりはない。話しやすいから邪魔なものを外しただけだ」

「貴様、どうやって、【魔術士殺し】を」

俺は不敵に笑ってみせる。

そして同時に風の魔術を使う。

それは拡声するだけという極めて単純なもの。

だが、ここではそのことに意味がある。声の大きさというのは、民衆の心に訴えかける際に大きなアドバンテージになりえる。

さらに声質を若干変える。より響くように、より誠実な印象を与えるように。

演説というものを勘違いしているものが多いのだが、ただ単にいい話をすればいいというわけじゃない。

演説というのは、演じて説くということ。身振り手振り、表情、声音、声量、抑揚、容姿、それらすべてを使って演出して魅せること。

「女神様の奇跡だよ。女神様が助けてくれたんだ。あんたに盛られた薬も、綺麗《きれい》にしてくれた」

観衆がざわめく。

教主だけじゃなく、扇状の席に座っている高位の神官たちが喚《わめ》く。

だが、悲しいことにそれは俺に届いても、観衆には届かない。これだけの観衆、しかもそれぞれに小声とはいえ会話している相手に届くような声は肉声では出せない。

この魔女裁判において、判決をするのは彼らである以上、裁判における勝利は不可能だ。

だからこそ、最初から俺が脳裏に描いた勝利は一つ。

観衆の心を摑《つか》むこと。

喚いている神官たちを無視して言葉を続ける。

俺の勝利条件が観衆の心を摑むことである以上、声をでかくして神官たちの声を塗りつぶすのが一番手っ取り早い。

「俺は女神に見初められ、魔族を倒すすべを与えられ、その意思に従い、三柱の魔族を倒してきた！　ただの人間にそんな真似《まね》ができるか!?　女神の祝福があればこそだ」

観衆のざわめきがさらに大きくなる。

いろいろな声が聞こえる、心が揺れている。

どれだけ冤罪《えんざい》をかけようとしても実績だけは消せない。そして、勇者以外に魔族が殺せるということに説明を付けられるものもいない。

とはいえ、アラム教の教主という看板の威光はあるようで、俺の言葉を信じているものは少ない。

全体の空気は、俺を罪人と断じるものから、困惑へと変わる。
ならばこそ、カードを切るのならここだ。
合図を送る。
観衆の中にいる数人が反応した。
さて、ここからが本番だ。

Episode19

第十九話　暗殺者は打ち破る

The world's best assassin, to reincarnate in a different world aristocrat

思考をめぐらしながら、周囲の様子をうかがう。

事前にいくつかのプランを用意してある。問題なのは、どのプランを使用するかだ。

それを決めるのにもっとも重要なのは、観衆の空気である。

なにせ、これは俺が社会的に死ぬかどうかの瀬戸際だ。ミスは許されない。

ルーグ・トウアハーデの名を捨て、別人として生きていくことはさほど難しくない。そのための準備はしてある。暗殺者という、いつ切り捨てられてもおかしくない稼業ならばこその保険。

……だが、それは選びたくない。俺はルーグ・トウアハーデとして歩んだ人生を、共に生きて来た人たちを、トウアハーデ領を愛している。

ならばこそ、ここで勝ち、ルーグ・トウアハーデの無実を勝ち取らなければならない。

「罪人よ、笑わせてくれる。枷《かせ》を外したのが女神の力であると⁉　はっ、それこそが悪魔の証！」

どういうわけか、その声は拡声魔法を使っている俺と同様の声量があった。魔法を使っているなら、トウアハーデの目が魔力の流れを見抜けるはずだ。

注意深く観察して、ようやく気付いた。

ただ単に、大きな声を出しているだけだ。

ただし、脳のリミッターを外して喉を傷めつけながら。体を守るための制限を無視できるのは人形だからだろう。

一方的にこちらの言い分だけを観衆に聞かせることは不可能になったが、それはそれで構わない。

「なら、聞こう。なぜ、その悪魔が魔族を倒してきた！　なぜ、その悪魔が人々を救ってきた？」

「悪魔のたわごとなど聞く耳もたぬ！　勇者エポナよっ、悪魔の力を使ったこやつを斬り伏せろ！」

教主の視線は、処刑台のそばに佇《たたず》んでいたエポナに向けられる。

当然の備えと言えるだろう。

もし、俺が何かしらの手段で拘束から抜け出した場合、俺を御せるのは彼女だけなのだから。

エポナが本気になれば、俺は容易く捕らえられる。

しかし……。

「悪魔の力は感じなかったかな……僕はルーグの言葉を聞きたい。これは処刑じゃなくて、裁判なんだよね？」

エポナは俺を信じてくれている。教主、いや、彼の後ろにいる人形遣いの誤算、それは俺とエポナの友情を知らなかったことだ。

「私にはわかるのだ！　アラム教の教主である私には、この罪人についた悪魔が見えた！　ゆえに処刑しなければならぬ！」

「その前に、先の問いに答えて欲しいのだが？　なぜ、悪魔の俺が、魔族を倒し、敵を救ったのか？　人は嘘《うそ》をつく。だが、その行動は嘘をつかない」

「これ以上、悪魔の甘言で皆を惑わせるな！」

議論になっていない。俺の問いに何一つ答えられていない。

普通であれば、観衆はこういうごまかしを嫌うのだが……。

（さすがはアラム教の総本山……信心深いと言えば聞こえはいいが、洗脳と思考放棄、俺のことを無条件で敵だと考えている）

一応筋を通した俺よりも、ただのレッテル貼りのほうを信じた。

その理由は、アラム教の教主が語っているからという理由だけ。

こうなることは予想していたが、ここまでひどいとは。

今の状況なら、いくら言葉を重ねても無駄だ。

（だから、まずは前提を変える。アラム教の信者に言葉を聞かせるためには、教主以上の権威を以《もっ》て抗《あらが》うしかない）

あらかじめ取り決めていたサインを観衆に送る。

そのサインを送った相手はディアでもタルトでもない。彼女たちは俺の仲間だとばれており、監視がついているため、下手な動きはできない。

二人ならその監視を振り切ることもできるが、振り切ることによって余計な警戒を生んでしまう。

だから、ネヴァンに協力を頼んだ。

俺のサインをネヴァンが受け取る。

彼女の隣には、フードを目深にかぶった女性がいた。

ネヴァンが彼女の手を引き、勢いよく処刑台を目指す。

むろん、処刑台の周りにはあまたの衛兵がいたが、人類の最高傑作であるネヴァンを止めることなど叶《かな》わない。

彼女は、お荷物一人を抱えているにもかかわらず、まるで衛兵を子供のように軽くあしらう。

それはまるで、美しい舞のような動きだ。ネヴァンが彼らに触れる度、体重が存在しないかのように軽やかに吹き飛ばされ、地面に叩《たた》きつけられ、脳震盪《のうしんとう》を起こして気絶する。

器用な真似をする。これだけの不利な条件が重なってなお、怪我《けが》をさせずに、無力化するなんてな。

なにより……。

（公爵家の娘が、ここまでのリスクを負ってくれるとは）

俺が頼んだのは、彼女を俺のところまで連れてくるだけだった。

ネヴァンなら、こんな目立つ方法を取らずとももっとスマートにできるはずだった。

なのにそれをしないということは、俺への信頼。そして、こうしたほうがより、この次のプランを印象付けられるという演出。

半円状の席に座る、高位の神官たちはしばらく呆《ほう》けていたが、我を取り戻すと真っ赤になって、罵詈雑言《ばりぞうごん》をネヴァンにぶつけ始める。

「血迷ったか！」

「いかにアルヴァン王国の四大公爵の娘とて、ただでは済まさぬぞ！」

「女神様の意思を代弁するアラム教に反することは、女神様に弓引くも同じ！」

高位の神官は神の代弁者だと、幼きころから教えられている。

その彼らから糾弾されれば、この大陸に住むだれもがひれ伏し、許しを請うだろう。

だが、ネヴァンはそうはしない。

優雅に髪をかき上げ、微笑《ほほえ》んで見せた。

「おかしなことをおっしゃいますわね。私が女神様に弓を引いた？　ひどい勘違いですの。私は女神様のために、ここに来たのですから」

「これのどこが女神様のためだ！　即刻立ち去れ、処罰は追って……いや、待て、その罪人を捕まえれば、この件は水に流してやろう。女神の慈悲をもって！」

ふむ、偉そうにしているが、拘束具を外した俺のことが怖いらしい。

まあ、無理もないか。勇者エポナが動かない以上、俺を止められるものはこの場にはいない。

ネヴァンの強さ……いや、ローマルングの作品がどれだけ優秀かは国内外に広く知れ渡っている。

彼女なら、俺を止められる可能性があると考えてもおかしくない。

「さきほどからずっと気になっておりましたの。どうして、あなたごときが女神様の代弁者気どりでものを申しておりますの？　不敬ですわよ」

「我らアラム教の高位神官は、女神様の意思を深く理解し、代弁することができるのだ」

観衆たちが、その言葉に対して同調し、声援を送る。

「それは想像に過ぎないわね。そんなものに従わない。なぜなら、私は、本物の女神様の命でここに来たのですもの……ねえ、アラム・カルラ様？」

ネヴァンのそばにいた女性が深くかぶったフードを取り払った。

純白の雪のような髪、作り物めいた白い肌、女神を模した姿が露《あら》わになる。

「私は、アラム・カルラ。私は……」

ネヴァンに頼んだ贈り物、それはアラム・カルラ本人。

セーフハウスに隠していた彼女をネヴァンに連れ出してもらった。

俺の言葉は観衆に届かない。

なぜなら、教主の言葉は女神の代弁であり、俺の言葉は悪魔の囁《ささや》き。

その前提がある限り、何を言っても無駄だ。

だから、その前提を崩す。教主という、ただの役職をもつ肥え太った豚の言葉以上に、女神の依《よ》り代《しろ》であるアラム・カルラが俺に貼られたレッテルを塗り替え、対等になり、論理で打ち勝つ。

それこそが俺のプラン。

ネヴァンがアラム・カルラを舞台に上げたとき、ほぼ勝負はついた。

しかし、第六感が警鐘を鳴らした。

何か、見えないものが俺の体に入り込む。

入り込んだ何かが俺の体に根を張り、体の感覚が消えていく。

「【精製】【加工】」

気が付けば土魔法を使っていた。

金属を生み出し、それをナイフの形に変える、俺が得意とする魔法。

体が俺の意思と無関係に動く。

人形遣い……その言葉が脳裏に浮かぶ。

おかしい、ありえない。

トウアハーデの瞳で教主に繋《つな》がる糸は見えていた。

そして、糸で操っているとわかっていたときから、自分自身が操られること、そして最強戦力であるエポナが操られることに対しては最大限の警戒をしていた。

なのに、気づかないうちに糸がつながっている。

嵌《は》められた……初めから人形遣いは見えない糸を生み出した、にもかかわらずこれ見よがしに教主に繋がる糸を見えるようにしていたのは、見えるものだと俺に思い込ませるため。

なるほど、蛇魔族ミーナが警戒するわけだ。残った魔族はすべて別格というのは本当らしい。

足が止まらない。

抵抗できない。

俺は自らが魔法で生み出したナイフを振り上げ、体に叩《たた》き込んだ暗殺者の技を、アラム・カルラの首を刈り取るために放つ。

(ああ、そうか。アラム・カルラがさらわれているということに気づきながらも、ろくに対策らしき動きを見せなかったのはそのためか)

人形遣いは俺がこの場にアラム・カルラを連れ出すことを読んでいた。

さらに言うならば、俺とエポナにある友情に気づいていたのかもしれない。

蛇魔族ミーナが、人形遣いの情報を俺に漏らしたように、逆に俺の情報を人形遣いに漏らしていれば十分可能性はある。俺とエポナが親しいことはノイシュだって知っているのだから。

ならばこそ、あえてアラム・カルラは泳がせる、そして衆人環視の中、俺を操り、アラム・カルラを殺させてしまう。

そうすれば、言うことを聞かない女神の代弁者を殺し、すんなりと都合のいい操り人形を据えられる。

さらに俺は確実に破滅する。ついでに、勇者エポナも俺を殺さざるをえなくなり、俺とエポナは戦い、俺は死に、勇者エポナを使い減らすことができる。

一石、三鳥。あと数秒で、俺のナイフがアラム・カルラの首をかき切る。

俺は歯を食いしばり、そして……。

Episode20

第二十話　暗殺者は討ち取る

The world's best assassin, to reincarnate in a different world aristocrat

笑ってみせた。

人形遣いという名を聞いたときから、こういう展開は半ば予測していた。

そして、アラム・カルラをさらったというのに、ろくに動きがない教会側の対応を見て、ますます疑いを強めた。

もっと言えば、人形遣いと呼ばれる魔族と戦うのだから、不意を打たれて自身が操られることなど想定済み。

だからこそ、対策はある。

服を突き破り、肩に接続された第三の腕が露わになる。

それは、神器。かつて俺を嵌《は》めようとした貴族から奪った、神の腕。神の腕が頭上を薙《な》ぎ払う。

するととたんに体の自由が戻った。

ナイフを収め、なんとか踏みとどまる。

(神の腕、ようやく有効活用ができたな)

神の腕、その特徴は、触れられぬものに触れること。魔力だろうが、魂だろうが、瘴気《しょうき》だろうが、霊体だろうが、神の腕は摑《つか》む。

神の腕に仕込みをしていた。それは、俺が一定間隔で停止コードを送り続けない限り、俺を縛るすべてを破壊しろというもの。

操られてしまうことを最大のリスクと考えた場合、通常の方法では対抗手段があってもそれを使うことすらできなくなることが怖い。

だから、何もしなければ発動するようにした。

(まあ、こいつを持ち込むのにはそれなりに苦労したが)

ゆったりとした服なら隠し通せるサイズとはいえ、金属の腕だ。処刑台に連行されるまえに、取り上げられてしまう。

だから、身体検査をされたあと、胃袋に隠していた【鶴革の袋】から取り出し、目を盗んで接続した。

暗器の持ち込みは暗殺者にとって、基礎の一つ。

人体というのは案外隠し場所が多い。胃袋なんてものはもっともポピュラーなものの一つ。

(素人め、腹の中や肛門《こうもん》の中ぐらい、調べるのは常識だ)

仮に俺が、身体検査をするならそれぐらいはする。

そんなことを考えている間に、アラム・カルラは深呼吸をして、それから観衆のほうを向いた。

「聞いてください、教主は魔族に操られております。私は教主に殺されかけ、女神の導きで招かれたルーグ・トウアハーデにより救われ、身を隠しておりました。私、アラム・カルラが彼、ルーグ・トウアハーデこそ、女神によって選ばれし英雄であることを示します」

空気が変わった。

俺に向けられる目が、嘘《うそ》のように嫌悪から羨望へと。

ところどころで、なるほど、そういうことだったのかと声が聞こえた。

それは、アラム・カルラをさらった日に、彼女が口紅で残したメッセージを噂《うわさ》で流したからだ。

あの情報操作がここで意味を持つ。あれはこういう展開を見越しての仕込みだ。

「そして、私は宣言します。女神によって選ばれし勇者エポナと、導かれしルーグが今いるこのときこそ、教会に巣くう魔族を討つことを！」

……俺の知るアラム・カルラは、こういう場でさらっとこんなセリフが出てくるタイプではない。

そして、俺があらかじめ用意していた台本とも違う。

おそらく、ネヴァンの入れ知恵だ。

さすがはローマルングの最高傑作。俺が事前に用意した台本よりも、今この場の空気を感じて、より状況に適した改変を行った。

嫌になるほど、優秀だ。

高位の神官たちが、口々に怒声や罵声を浴びせてくる、感情任せで脈絡もなく、威厳もなにもなく動物の鳴き声のようだ。

それを見る観衆の目は冷ややか。

アラム・カルラの言葉により、彼らの権威は剝《は》がれ、ただあるがままを見て、感じている。そうなれば、もう権力をかさにきた醜い中年どもが喚《わめ》いているようにしか見えない。

そんな中、教主だけが静かに静かに佇《たたず》んでいた。

表情が完全に抜け落ち、脱力した人形のよう。

なんの表情もないまま、口だけが動く。もう演技をする必要はなくなったと言わんばかりの無機質さ。

「あああぁ、失敗ですね、失敗ですね。あんな神のおもちゃが都合よくあるなんて、女神の運命改変ですか？　偶然ですか？　惜しかった、惜しかった」

どこか、子供っぽい大人をイメージさせるそんな口調。

「いや、神の腕がなくとも、なかったらないなりに対応をしていたさ」

強がりではない、神の腕があるからこそ、不意をついて糸を繋がれても問題ないプランを実行した。

もし、神の腕がなければ、万が一にも糸を繋がれないよう立ち回っただけのこと。

「理解です。君は弱いからかしこいんですね。化け物とは違うから、人間の分際で、こちらに足を踏み入れるために、悪知恵に頼るかなしい生き物です。理解しました、そういう強さもあるんですね。参考にします」

そう言い終わるや否や、カクカクカクカクと機械じみた動きで、なお異常なまでの速度で教主が襲いかかってくる。

筋肉が断裂する音が聞こえる、魔力の過負荷で魔力回路がショートしている、それでもなお限界を振り絞り、教主がとびかかってくる。

顎が外れるほど大きく口を開けた噛《か》みつき攻撃。

いくら速くても、そんなものを喰《く》らうほど間抜けではない。

体を翻すと、顔から地面に落ち、そのまま顔がめり込む。なんていう馬鹿力。

呆《あき》れながらも、俺は土魔法を使う。

それは土を鉄に変える魔法。

相手は人形、たとえ死んでも動く。だからこそ、生き埋め。それも鉄の中にだ。

こうすればもう身動き一つできはしない。

しかし、これで安心はできない。

なにせ、相手は人形遣い。

そして、ここには人形の材料が山ほどあるのだから。

「ちっ、始まったか」

どこからか、無数の糸が放たれた。

こちらにも数本来るが、ネヴァンを抱えてそれを躱《かわ》す。

魔力が見えるトゥアハーデの目を持つ俺だからこそ躱せたが、俺以外はそうはいかない。

魔力というのは目に見えない。

ならばこそ、魔力で編まれた糸は俺以外には見えない。

「……五十七人といったところか」

五十七人もの観衆たちに、人形遣いの糸が繋がれた。

その五十七人全員が人形めいた無機質な表情で俺を凝視する。

そして、次の瞬間には全力疾走でこちらに向かってくる、前にいる人形を跳ね飛ばしながら。

……さてとどうしたものか。

殺すだけなら、できる。だが、観衆は一般人、それを殺すことは良心が痛む。

その上、殺したところで意味がない。

すぐに代わりの材料に糸が繋がれるだけ。

元を断たねば意味がないが、人形遣いはどこかに潜んでいる。奴《やつ》の戦法を考えると姿を現す意味がない。

「このプランだけは使いたくなかったんだがな」

頭をかく。

今の状況は最悪から四番目に悪い。

ちなみに一番最悪なのは、勇者エポナが操られること。

それをしなかったのは、勇者エポナには通じないから。エポナはスキルの宝箱。そのどれか一つが奴の糸を無効化する。

そう考えるのが自然だ。

もしエポナを操れるのなら、こんなまどろっこしいことをせず、初めから教主の権限で勇者を呼び出して操ればいい。

……まあ、こちらとしては非常に助かる。エポナと戦うなんてごめんだ。

「エポナ、操られている人たちを殺さずに取り押さえてくれ、俺には無理だが、エポナならできる」

壊れても動きをとめない人形を殺さずに無力化なんて真似《まね》は、圧倒的な力がなければ不可能。

一人二人なら俺でも可能だが、五十七人同時になんて真似は俺には到底不可能。

「ルーグはどうするの？」

「魔族を倒す。俺なら、この人形の糸をたどれる。適材適所だ」

「うん、いいね。じゃあ、こっちは任せて」

エポナがいてくれてよかった。

もし、エポナがいなければ、ここにいる全員を見殺しにせざるを得なかっただろう。

……逆に言えば、ここにいる人間を救うために最強の駒である勇者を魔族に対して使えなくなったということでもある。

俺の性格を、この甘さを知って、一般人を暴走させたのなら、油断ならない相手だ。

「さあ、最終局面。人形遣い、暗殺者らしく、忍び寄っておまえの首をとってやろう」

宣戦布告し、俺は走り出した。

Episode21

第二十一話　暗殺者は一騎打ちをする

The world's best assassin, to reincarnate in a different world aristocrat

悲鳴と怒号が交じり合う。

なにせ、ただの一般人がいきなり操られて暴徒と化し、人間を跳ね飛ばしながら暴れ回るのだから恐怖でしかない。

（この状況で即座に逃げる判断の速さは見習いたいな）

魔女裁判なんて大層なものを開いておいて、高位の神官たちはとっとと逃げ出した。

保身に長《た》けている。

まあ、俺としてもここに居座られるより、よほどいい。

「ディア、タルト!!　パターンC-7」

パニックになっている観衆に交じっている彼女たちにも聞こえるように声を絞り出す。

パターンC-7は、俺が単独で魔族に挑み、二人は人々の救助に専念するというもの。

視界の先で、二人が行動を開始したのを見届け、高く跳び、さらには風に乗り滞空。

「ここからならよく見える」

人形遣いの唯一の弱点。

それは糸がなければ人形を操れないという点だ。

人形遣いの怖さは、本人は隠れたまま、いくらでも替えの利く人形を次々と生み出してくること。

しかし、糸というのは必ず人形遣いに繋《つな》がっている。そこをたどれば、本人を見つけられる。

トウアハーデの瞳に魔力を集中し、視力と魔力視能力を強化。

……俺の不意を衝いた見えない糸、あれを使われていれば面倒だったが。

(急がないとまずいな)

肩が燃えるように熱い。

神の腕を接続しているところを中心にして、痛みが全身を蝕《むしば》む。

神器とはいえ、異物を体に取り付けているのだから、当然とも言える。

だが、外すわけにはいかない。

見えない糸は防げない。

この神の腕がなければ、あれをもう一度喰《く》らったら終わりだ。

「見つけた」

風のスラスターで加速する、糸の終点は、なんの変哲もない一軒家。ならばこそ疑いにくい、そんな絶妙な隠れ家。

窓越しに視線を感じる、さらなる加速をし窓を蹴破ったタイミングで、避《よ》けようのないほどの無数の糸が眼前に広がる。

回避は不可能。だから、突っ込み、当たり前のように糸が俺の体を貫き、自由を奪い……停止命令がこなかったことで、神の腕が糸を断つ。

自由を取り戻した俺は、新型の大型ナイフを引き抜き、窓を突き破った勢いのまま、中にいた、やせぎすな灰色の肌をした男をすれ違いざまに切り裂く。

その直後、魔族独自の再生現象が起きているが再生が遅く、今も血が流れ続けている。

「面倒ですねぇ。あなた、神のおもちゃだけが切り札じゃなかったんですね」

その声は理知的で、どこか科学者のようにも感じられた。

人型の容貌も相まって、何も知らなければ魔族とは思わなかっただろう。

「まあな、他にもいろいろと用意した」

なんども魔族と戦ってきたが、その度に不満だと感じていたことがある。

それは、【魔族殺し】で【紅の心臓】を顕現させ、砕かない限り、いくら傷を与えようと即座に再生するという性質。

あまりにも不利な戦いになるし、おのずととれる戦法も限定されてしまう。

魔族同士でも情報を共有される以上、いつか必ずこちらの戦法は通じなくなる。【魔族殺し】は極めて扱いが難しい、欠陥だらけの術式だからだ。

「ふむ、我らの同胞の牙で作った剣というわけですねぇ。なんとむごいことを」

「魔族同士が殺し合えるなら、魔族の肉体なら、魔族を傷つけられるのではないかと仮説を立ててみたんだ……どうやらそれは当たりらしい」

新型のナイフ、その正体は獅子《しし》魔族の牙を掘り出したものだ。

分厚いミスリルの鎧《よろい》すらかみ砕くほどの硬度と鋭利さ、それでいて衝撃にも強いという、常識外の素材であり、獅子魔族の死体から牙を回収していた。

純粋に武器として強力なだけでなく、魔族の体ということに意味がある。

過去の文献に、魔族同士で殺しあいをしたという記述がいくつも残っていた。片方が命を落としたという記述すらあったぐらいだ。

つまり、魔族は魔族を殺せるということ。

あくまで仮定にしか過ぎないが、どうやら当たりだったようだ。

人形遣いが糸を飛ばしてくる。それを紙一重で躱すと同時に、姿勢を低くしながら、急激な加速で視界から消え、音もなくさらに一歩踏み出し相手の斜め後方に。

これをすると、相手からは消えたように見える。近距離から不意を打つ暗殺術。

首に、魔族の牙で出来たナイフを突き立て、傷口を広げるように手首をひねると、噴水のように紫の血が噴き出た。

そして、傷口が再生するがあまりにも遅々としたスピード。

「ああ、鬱陶しいですね、君は」

傷口を押さえながら、人形遣いは後ろに跳び、背後の壁を突き破って、彼の人形が突っ込んでくる。護衛を別室に隠していたらしい。

教主と違って死体を動かしているわけじゃなく、まだ生きている人間。

無駄な殺しをしないと決めている以上、そちらのほうがよほど面倒だ。

気を失わせても人形である以上、意味がない。壊さずに無力化するのが非常に面倒なのだ。

激痛を堪えながら、神の腕を自動術式ではなくマニュアルで動かし、人形遣いの糸を断ち切り、さらに前進。

ちょうどいい、もう一つのほうも試させてもらおう。

ホルスターから銃を引き抜く。

銃自体はいつものもの、だが弾が少々特殊なものだ。

狙いをつけ、六連射。

一瞬で、弾倉が空になる。放たれた弾丸は紅の光を放って飛翔し、すべてが命中し、肉にめり込んだ。

(さて、こいつの効果はどうだ?)

こちらの実験も成功すれば、より魔族と戦いやすくなるのだが……。

「がはっ……はあ、はあ、まさか、これは、ごふっ」

効果覿面《こうかてきめん》。

ナイフ以上の戦果だ。

なにせ、再生がまったくされない。前世を含めれば、万に届くほど見て来た銃で撃ちぬかれた人間、そのものの反応。

「ああ、これは魔族の心臓で作った銃弾だ」

魔族同士で殺し合いができるなら、魔族のもっとも象徴的であり、力が集まるものこそが、魔族にとって最大の毒になるのではないか？　と考えた。

それはすなわち、紅の心臓。

今まで、俺たちが砕いてきた紅の心臓は研究用にすべて保存してある。それらを様々な角度から分析してきた。

そして、今回はそれを使い弾丸を生み出した。

また、あえて貫通力が劣るＨＰ弾《ホローポイント》として完成させてある。

その特徴は、弾頭の先端に空洞（ホロー）があることだ。対象に命中した際に、空洞部分から弾頭が炸裂《さくれつ》し、膨張し、体内に極めて重大なダメージを与える。

貫通力は著しく落ちるが、殺傷力とストッピングパワーが極めて高く、体の中に毒をまき散らす用途としてはこちらのほうがはるかに優れている。

「人間というのはこれだから怖いですねぇ、弱いくせに、否、弱いからこそ、魔族よりよほど悪辣ですよ」

人形遣いは血を失いすぎて瀕死《ひんし》。体の内側で炸裂したHP弾のせいで重要な臓器が欠損し、動くことすらできない。

放っておいても死ぬ。

だが、魔族である以上、何があってもおかしくない。

きっちりと殺しきる。

「交渉をしようじゃないか、私と組めば、君は人間の王になれる……なに、安心してくれ、魔族はけっして裏切らない、人間よりもよほど信用できる」

耳を貸さない。返事すらしない。

人形遣いの能力は危険すぎる。

気がつけば、身の回りにいる人間すべてが彼の人形になっていることすらありえるのだ。

人格うんぬん、信用できるうんぬんではなく、存在そのもののリスクが段違いに高い。

「君はかしこいですねぇ、そして残酷です。今まであったどんな化け物より梟雄《ゆうしゃ》」

リボルバーに新たな弾丸を込め、そして、一切の躊躇《ちゅうちょ》なく、全弾撃ち切った。

人形遣いはぴくりとも動かなくなった。

「さて、あえて【魔族殺し】を使わずに殺しきったが……ほんとうに再生しないのか、最低でも二十四時間は監視が必要か。あとは、聖地に魔族像はあるだろうし、そっちを見てもらおう」

紅の心臓を使った弾丸の効果が、再生の妨害か無効化かはきっちり調べておかないといけない。

俺は椅子に座り、そして魔族を倒したことを報告、魔族像の破壊を確認するために通信機を取り出した。

さて、これで一件落着。

……ではないだろうな。これから教会連中とめんどくさい話し合いが待っている。

俺の疑いは消えたとは思うのだが、奴《やつ》らが自分のメンツを守るため、どんな面倒なことを言ってくるか想像するだけで、陰鬱な気持ちになってきた。

Episode22

第二十二話　暗殺者は英雄になる

The world's best assassin, to reincarnate in a different world aristocrat

あれから、予想していた通り、いや予想した以上に鬱陶しくてめんどくさい会議が待っていた。

ずらっと、高位の神官が並んでいる。

「そうだ、我々も、その、人形遣いという魔族に操られていたことにしよう」

「いいアイディアですなぁ。ですが、それだけだとあまりにも情けない」

「では、こういうのはどうですか？　我々は結果的には操られました。で・す・が、我々の必死の抵抗で魔族は力を使い果たしていたからこそ、魔族を討つことができたと」

「それであれば、メンツが立ちますよね、さすがはストーリオ卿《きょう》」

こういう話が延々と続く。

……なんというか、ここまでくると逆に清々《すがすが》しい。

目の前に、冤罪《えんざい》を着せて殺そうとした俺がいるというのに、保身と出世欲に満ちた会話を恥も外聞もなく繰り広げ、口裏を合わすように言ってくる。

同席しているディアの手が、太もものホルスターに伸びているのを見て笑ってしまった。

俺も同じ気持ちだったから。

結局、高位の神官も人形遣いに操られていた被害者であるというストーリーを採用することになった。

魔族を弱らせたうんぬんは、学園長が却下した。神官たちは不満そうにしていたが、嘘《うそ》を重ねすぎるとボロがでるという忠告にしぶしぶと従った形だ。

◇

翌日、街を歩いていると、何人もの人々から感謝の言葉と黄色い声を投げかけられた。

ディアがとても苦々しい顔をして口を開いた。

「調子いいよね、ルーグが処刑台に現れたときは、みんな死ねーとか、悪魔ーとか、叫んでたくせに、もう英雄扱いだもん」

「はい、ちょっと信じられないです。その、私なら、後ろめたさとか感じちゃいます」

タルトも、ここの住人にあまりいい感情はないらしい。

「まあ、いいじゃないか。切り替えてくれてるだけ」

人間という生き物は過ちを認めることを嫌がる。一度石を投げた相手は、何がなんでも悪者にしないと気がすまない、そういうものだ。

その点、あっさり手の平返しをするこの街の人々は上等な部類に入る。

「そういうものかなぁ……魔女裁判をした二日後には、英雄様を称《たた》えよう！　って、もうわけがわからないよね」

「そっちは逆にわかりやすいが。さっさと冤罪事件を忘れたいんだよ。大きな祝い事でもしてな。よくあることだ。戦争で負けた国が、活躍した個人の功績を称えて、重苦しい空気を吹き飛ばしたりな」

前世でもこちらでも、人間の行動は似通っている。

人は忘れる生き物、嫌なことは新しいイベントで塗りつぶせばいい。

「でも、本当に良かったです。ルーグ様の疑いが解けて」

「うんうん、私はどこまでもルーグについていくつもりだったけど、やっぱり、ルーグにはルーグのままでいてほしいもん」

「マーハちゃんは、イルグ兄さんに戻って、ずっとそばにいてくれるのなら、それはそれでありって言ってましたけどね」

マーハのやつ、そんなことを言っていたのか。

それほど、一緒にいられないのが寂しいのだろう。

婚約したこともあるし、これからはもっとそばにいるようにしよう。

「でも、今回はルーグ一人で魔族倒しちゃったね。なんか複雑な気分だよ。私たち三人じゃないと魔族が倒せないって、大変だけどちょっとうれしかったのに」

タルトが横でこくこくと頷《うなず》いている。

今まではタルトが足止め、ディアが【魔族殺し】を放ち、俺がとどめを刺すというのが基本戦術だった。だが、これからは戦術パターンが増える。

「いや、今回は例外だ。人形遣いは、特殊能力特化型で、本人の戦闘力がさほどないから勝てただけだよ。そういう魔族はそう多くない」

オーク魔族も軍団長としての能力に特化していたが、他の魔族はどれも個体戦闘力が非常に高い。そういう魔族のほうが多い傾向にある。

たとえ、今回活躍した、獅子《しし》魔族の牙を使ったナイフと紅の心臓の弾丸があっても、兜蟲《かぶとむし》魔族、獅子魔族、地中竜魔族に一人で勝てるとはとても思えない。

「良かったです。ルーグ様は一人でなんでもできちゃいすぎて、たまに不安になっちゃうんです。自分はいらないんじゃないかって」

「だよね、もうちょっとぐらい欠点があるべきだよ！」

ディアとタルトが意気投合しているが、ひどい言いようだ。

だが、それは勘違いだ。

「俺は一人じゃ何もできないよ。おまえたちがいるから、なんとかやれていているんだ」

「それ、本心？」

「もちろん」

「そっ、ふふん、しょうがないな、ルーグには私がいないとだめなんだから」

なぜか、上機嫌に鼻歌を奏でながらディアが腕を組んでくる。

それを見て、タルトも反対側の腕をためらいがちに組んでくる。

「あの、私もルーグ様に必要とされていてうれしいです。それに、私、ルーグ様がいないと生きていけないです」

「そうだね。たった数日だけど、ルーグと離れ離れになっちゃって、寂しくて、悔しくて、悲しくて、どうにかなりそうだったもん」

「ずっと一緒じゃないとだめなんです。……私、割と本気で、馬車に乗っている監視の人たち、寝てるあいだにぐさってして、ルーグ様を追いかけようって、……」

「タルトの場合、それ、全然冗談じゃないよね」

うれしいことを言ってくれる。ここまで思われてるなんて、くすぐったい。

ここ数日、俺もディアとタルトが言ったような、どうしようもない気分になった。

一人でいるなんて、前世では当たり前だったのに、今の俺には耐えがたい苦痛になっている。

それは弱さだ。

そして、大切な人がいるというのは暗殺者にとって明確な弱点になりえる。暗殺者としてのロジックであれば、今の俺の行動の大半が馬鹿げていて不合理だと判断するだろう。

それでもなお、俺は今の生活、ルーグ・トウアハーデとしての生活が間違っていないと言い切れる。

「残りの魔族は三柱、蛇魔族ミーナは人間を滅ぼすつもりはない。あと二柱倒せば、平和になる」

「やっと終わりが見えて来た感じだね」

「がんばりますっ！　私たちならやれます」

「ああ、そうだな、やりきろう」

魔族をすべて倒し、魔王の復活を阻止し、それでいて勇者エポナが人類に反旗を翻す事件を起こさなければ、この世界が滅びることはない。

この生活が奪われることはなくなる。

初めは途方もないほど遠く感じたゴール、それが見えて来た。

それも、勇者を、友を殺さないという最高のゴールだ。

なのになぜだろう。第六感が、暗殺者として鍛え上げた危機察知能力が、なにか、とんでもない見落としをしているような落ち着かなさを感じさせているのは。

あとがき

『世界最高の暗殺者、異世界貴族に転生する6』を読んでいただき、ありがとうございました

著者の「月夜《つきよ》 涙《るい》」です。

六巻では久々に学園のメンバーが現れましたね。

それ以上に、ヒロインたちとの関係が進展するところが見どころではないかと思っている作者です！

そして、次の巻ではいよいよ作品の本題である勇者の暗殺について触れていきます。そちらもお楽しみに！

最後にアニメ化が決定しました。続報をお待ちください！

宣伝

角川スニーカー様で同時連載中の「回復術士のやり直し」が一月からアニメ放映中です。見られていない方は、ドコモアニメストア様など配信サイトで見られますので是非！　か

なりエッチで残酷な話なので人を選びますが、はまる人はとことんはまる作品です！

謝辞

れい亜《あ》先生、いつも素敵なイラストありがとうございます！
角川スニーカー文庫編集部と関係者の皆様。デザインを担当して頂いた阿閉高尚様、ここまで読んでくださった読者様にたくさんの感謝を！　ありがとうございました。

祝アニメ化
おめでとうございますー!!
動く皆が見られる
このヨロコビ……!!!
応援して下さった
みなさまに
感謝……!!

世界最高《せかいさいこう》の暗殺者《あんさつしゃ》、異世界貴族《いせかいきぞく》に転生《てんせい》する6

著　月夜《つきよ》 涙《るい》

角川スニーカー文庫　22574

2021年3月1日　初版発行
2022年4月20日　4版発行

発行者　青柳昌行

発　行　株式会社KADOKAWA
〒102-8177 東京都千代田区富士見2-13-3
電話　0570-002-301（ナビダイヤル）

印刷所　株式会社KADOKAWA
製本所　株式会社KADOKAWA

◆◇◇

●お問い合わせ
https://www.kadokawa.co.jp/（「お問い合わせ」へお進みください）
※内容によっては、お答えできない場合があります。
※サポートは日本国内のみとさせていただきます。
※Japanese text only

Printed in Japan　ISBN 978-4-04-108973-6　C0193

★ご意見、ご感想をお送りください★

〒102-8177 東京都千代田区富士見2-13-3
株式会社KADOKAWA　角川スニーカー文庫編集部気付
「月夜 涙」先生
「れい亜」先生

角川文庫発刊に際して

角川源義

第二次世界大戦の敗北は、軍事力の敗北であった以上に、私たちの若い文化力の敗退であった。私たちの文化が戦争に対して如何に無力であり、単なるあだ花に過ぎなかったかを、私たちは身を以て体験し痛感した。西洋近代文化の摂取にとって、明治以後八十年の歳月は決して短かすぎたとは言えない。にもかかわらず、近代文化の伝統を確立し、自由な批判と柔軟な良識に富む文化層として自らを形成することに私たちは失敗して来た。そしてこれは、各層への文化の普及滲透を任務とする出版人の責任でもあった。

一九四五年以来、私たちは再び振出しに戻り、第一歩から踏み出すことを余儀なくされた。これは大きな不幸ではあるが、反面、これまでの混沌・未熟・歪曲の中にあった我が国の文化に秩序と確たる基礎を齎らすためには絶好の機会でもある。角川書店は、このような祖国の文化的危機にあたり、微力をも顧みず再建の礎石たるべき抱負と決意とをもって出発したが、ここに創立以来の念願を果すべく角川文庫を発刊する。これまで刊行されたあらゆる全集叢書文庫類の長所と短所とを検討し、古今東西の不朽の典籍を、良心的編集のもとに、廉価に、そして書架にふさわしい美本として、多くのひとびとに提供しようとする。しかし私たちは徒らに百科全書的な知識のジレッタントを作ることを目的とせず、あくまで祖国の文化に秩序と再建への道を示し、この文庫を角川書店の栄ある事業として、今後永久に継続発展せしめ、学芸と教養との殿堂として大成せんことを期したい。多くの読書子の愛情ある忠言と支持とによって、この希望と抱負とを完遂せしめられんことを願う。

一九四九年五月三日